小学館文庫

東京かくりよ公安局

ミエナイ敵

松田詩依

JN030994

小学館

目次

Tokyo Kakuriyo
Public Security Bureau

序章

「新入局員の皆さん、入局おめでとうございます」

令和某年四月一日。東京都千代田区霞《かすみ》が関《せき》、警察庁内の会議室で「東京幽世公安局《とうきょうかくりよこうあんきょく》」の入局式が行われていた。

ずらりと並ぶのは真新しい制服に身を包んだ男女二十五名。あ、いや正しくは二十六名か。自分を入れるのを忘れていた。

「えー皆さんは今日から社会人として社会に羽ばたいていきます。その心構えについてですが――」

お偉いさんの全く身にならない挨拶がはじまって十五分が過ぎようとしていた。

最初は緊張気味に姿勢良く座っていた新人たちの背筋が曲がってきている。俺も腕時計を確認しつつ欠伸《あくび》を嚙《か》み殺した。

「――話長すぎて眠くなりますよね」

隣に座っていた青年がこそっと話しかけてきた。

「俺、浅野《あさの》っていいます。明大で政経勉強してました」

「西渕真澄《にしぶちますみ》です。ついこの間までフリーターしてました」

浅野くんは自分の目を指さしながら「金色のカラコンなんて格好いいっすね」と気さくに微笑《ほほえ》んだ。

「……にしても、なんすかこの『幽世公安局』って。俺、普通に警察庁受けたはずなんですけど。警察学校行くと思ったら『公安局員の適性があります』とかって急にこっちに案内されたんですよ」

「えっ、マジで？　みんなわかって入ったんじゃないのかよ……」

思わず声をあげそうになって慌てて口を押さえた。

冷静になって周囲を見渡すと、他の人たちも緊張の中に不安の色が混じっているように見えた。まさか全員なにも知らされずにここにいるのか——？

「西渕さんは違うんですか？」

「いや、俺は……」

一から説明すると長くなるけど、俺が今この場にいるのは三ヶ月前のある出来事がきっかけだった。

当時、出前配達代行をやっていた俺は深夜の東京駅に配達しに行き、そこであるモノに襲われ瀕死《ひんし》の重傷を負った。絶命の危機に瀕していたとき、金色の狐《きつね》が現れてある契約を交わすことになったんだ。死にたくないとワケもわからずがむしゃらに彼女の手を取った俺は——。

「ごほん」

わざとらしい咳払《せきばら》いと突き刺さる視線。

はっと顔をあげると、壇上からお偉いさんが射殺すように俺たちを睨《にら》みつけていた。

「えー、皆さんも突然配属が決まり、困惑しているであろうこの『幽世公安局』という組織についてですが——」

その瞬間、背後で扉が開く音がして皆一斉に振り返った。

「あー、もう遅い！」

公務員らしからぬ派手な金髪。両耳には沢山のピアス。着崩した制服が様になる美青年が立っている。

「九十九さん!?」

思わずその名を叫ぶと、周囲の視線が突き刺さった。

「いつまで長話してれば気が済むわけ？　早くしてくれないと、こっちも時間押してるんだけど」

厳かな空気をぶち壊す陽気な声で九十九さんは「真澄く〜ん」とこっちに手を振ってくる。正直目立つからやめてほしい。他人の振りをしてみようか。

「九十九《つくも》恭助《きようすけ》！　何故《なぜ》貴様がここにいるっ！」

お偉いさんの怒声でマイクが音割れし、耳障りな音が反響する。

「なんでって、真澄くんをこっちに寄越《よこ》すなら誰か一人監視につけろっていったのはそっちじゃん」

「だからといって何故貴様が来るんだ！　戸塚《とつか》はどうしたっ！」

「課長は別件担当中。つーか、ウチはこんなつまらない長話黙って聞いていられるほどヒマじゃないの。仕事があるから可愛《かわい》い後輩くん連れて帰らせてもらうよ」

九十九さんが気怠《けだる》そうに頭を掻《か》きながら軽口を叩《たた》けば、周囲からはくすくすと笑い声があがり、お偉いさんの顔が怒りで赤く染まっていく。

「ささ、ほら真澄くん早く行こうよ。君はこんな堅苦しい式出なくても、もう公安局員として立派に働いてるんだからさ」

必死に目を逸《そ》らしていたけど、九十九さんがこっちに来て俺の肩に腕を回してしまったので全ては水の泡となった。入局式くらい平穏に過ごしたかったのに！

「あーもうっ。後で戸塚さんに怒られても知りませんからね！」

『戸塚なら笑って許してくれるだろう。彼奴《あやつ》は堅物そうに見えて意外と大胆だからな。真澄、早く行こう。私もいい加減飽き飽きしていたところだ』

やけくそに立ち上がると同時に、俺の体からにゅるりと細っこい子狐が現れた。

「き、狐？」

宙を漂う喋《しゃべ》る狐に浅野が驚いて仰《の》け反った。さすがにここにいる人間はみんな彼女の姿が見えているらしい。

どよめく周囲の反応を流し見た狐はその場でくるりと宙返りし、人の姿に変化した。

輝く金色の長髪。宝石のような金色の瞳。狐の耳と尻尾が生えた和装の可憐《かれん》な少女。

『この程度で驚いていたら幽世公安局は務まらないぞ。苦難も多いことだが、それを乗り越えれば幸はある。大いに励め』

お偉いさんより余程心に響く言葉を投げかけながら、狐の少女はクールに笑う。

彼女の名前はこがね。本名は天狐神黄金《てんこのかみこがね》というあやかしだ。

三ヶ月前の夜、東京駅でこがねは俺に血をわけ憑依《ひょうい》した。その日から俺の体は半分人間、半分妖怪という不思議な存在になってしまったわけだ。

そして俺は、監視対象としてこの組織に厄介になることになった。

「特務課！　貴様たちはいつもいつも余計なことばかり！」

ざわつく室内。もう入局式は滅茶苦茶《めちゃくちゃ》だ。お偉いさんはカンカンに怒っている。

「まったく、戸塚は部下にどういう教育をしているんだ！　責任問題だぞ！」

「あ？」

その一言に九十九さんの額に青筋が浮かんだ。にこやかな表情が一変。殺気だった瞳で男を睨む。

「戸塚さんは関係ないだろ！　喧嘩《けんか》売ってるなら買うぞジジィ！」

「わーっ！　九十九さん、行きましょう！　ね！　戸塚さん待ってるから！」

『其方《そなた》は戸塚のことになると何故そんなに暴走するんだ！』

九十九さんがぶち切れる前に俺とこがねは彼を押さえつけて出口へ向かう。

「いいか新人諸君！　問題を起こせば特務課送りだ！　あんな人間にはなるなよ！」

「おー、上等だ！　こっちでなにか起きたって助けてやらないからね！　僕らを頼りにするなよ！」

　中指を立てようとする九十九さんを引きずって、お偉いさんの怒号を遮るようにばたんと重い扉を閉めた。

「なんなんだアイツ。ろくに仕事もしないのに偉そうに。二人ともなんで止めるんだよ。もう少しで一発ぶん殴れたのに」

「あそこで九十九さんが手を出してたらそれこそ戸塚さんの首が飛んでましたよ」

　ぶつくさ文句をいう九十九さんを宥《なだ》めながら俺たちは一階に移動していた。

「大体なんで真澄くんが入局式に出てんの？　君、三ヶ月前からいるじゃん」

「こういうのは記念になるから出ておけって戸塚さんが」

「ふぅん、そういう変に真面目なとこ稔《みのる》さんらしいや」

　一階のロビーに降りると駐車場側、裏口付近にある職員も気付かない隠れた場所に佇《たたず》んでいるエレベーターへと向かう。これが俺たちの職場への入り口だ。

「さ、僕らの家へ帰ろうか」

エレベーターに乗りこむと九十九さんは四階、二階、六階、二階、十階、五階と慣れた手つきでボタンを押していく。

「今日から正式に幽世公安局特務課の仲間入りだね。改めてよろしく、真澄くん」

「うっす。よろしくお願いします」

地下深くまで降りたエレベーターのドアが開いた先に広がるのは地下異界——幽世東京。

現世《うつしよ》・東京の真下に広がるあやかしたちが暮らすもう一つの世界だ。

長い非常階段の下に広がるのは歴史情緒溢《あふ》れる奇妙な街並み。大通には人間とは異なる異形の者たちが歩いていた。

さて、俺たちの仕事についての説明がまだだった。

俺が所属しているのは東京幽世公安局。人間が暮らす「現世」とあやかしが暮らす地下異界「幽世《かくりよ》」の秩序を守るために存在する国家秘密結社だ。

そして俺たちが属する「公安特務課」は、妖魔《ようま》と呼ばれる悪いあやかしを討伐するために作られたワケあり揃《ぞろ》いの専門部署なのだ。

第壱話　烏天狗と新人研修

幽世壱番街《かくりよいちばんがい》。東京都千代田区の真下に位置している、幽世・東京の中心地だ。

大通には所狭しと宿屋や飲食店が建ち並び、大勢のあやかしで賑《にぎ》わっていた。

頭上を和風のモノレールが通り過ぎ、その上を見上げると見慣れた東京の町が俺たちを見下ろしている。この地下異界はとても不思議で美しい町だ。

「人間だ」「ニンゲンだぞ」

周囲から突き刺さる好奇の視線。俺たち人間があやかしを珍しがるように、あやかしもまた人間に様々な興味を抱く者も多いらしい。

「今日はいつも以上に賑わってますね」

人混みをかきわけながら俺たちは職場に向かって歩いていた。

「まあ、偃月院《えんげついん》本部で中枢会議が開かれてるからね。街も賑わって当然だよ」

「会議が開かれるだけでこんなに賑わうんですか？」

『日本各地の幽世の長《おさ》たちがこの東京で一堂に会するからな。百年ぶりの議会ゆえ、あやかしたちも浮き足立っているのだろう』

「いわばサミットみたいなもんだよ」

偃月院とはこの幽世を治める政府組織のことだ。幽世公安局は表向きは警察庁管轄ということになっているが、正式にはこの偃月院の傘下組織らしい。

「俺たちは偃月院の警備でもするんですか？」

「いいやー。警備は偃月院側が勝手にやってるから僕たちが出る幕はないよ」

「それならなんでわざわざ入局式を途中で切り上げたんですか？」

話がみえず首を傾《かし》げる俺に九十九《つくも》さんはにやりと笑う。

「特務課は偃月院のお偉いさんの一人を接待しなきゃいけないいんだよ」

「偉いあやかしがウチにくるんですか」

「そう。そろそろ会議がお開きになる頃だから、その人の出迎えのために急いでるってワケ」

理解はできたが、イマイチ納得できない。

「なんでそんな偉い人がわざわざウチに？」

「ははっ。それは会ってみてからのお楽しみさ」

楽しそうな九十九さん。なんだか凄《すご》く嫌な予感がする。

そうこう話していると、ようやく俺たちの職場がみえてきた。

現世で例えるなら、桜田門駅のすぐ傍《そば》。目の前にそびえる大きな武家屋敷こそ、幽世公安局公安部特務課の部署だ。

ここに人間三名、あやかし五名の計八名で共同生活を送っている。

愉快な仕事仲間の紹介は追々するとして、話を戻そう。

『どうした九十九、入らないのか?』

門の前で立ち止まる九十九さんを不思議そうに見上げるこがね。すると彼は企み顔で口に手を添えると、思いっきり息を吸い込んだ。

「みーうーみー! 帰ったよー!」

屋敷の中に九十九さんの声が木霊する。そして沈黙。

一体彼はどうしたんだと思っていると、屋敷の中から慌ただしい音が聞こえてきた。

「──っ!」

凄《すさ》まじい勢いで走ってくる男が一人。烏天狗《からすてんぐ》の三海《みうみ》だ。

いつものハーフアップの長髪はきちっと結われ、着崩しているはずの着物もしゃんと着こなしている。背に生えた大きな黒い羽も毛繕いしたのか心なしか整っているようにみえた。

「な、なんだ。オマエらだけかよ……驚かせんじゃねえよ」

俺たちの姿を見た三海は大げさにため息をついた。

「三海、どうしたんだよその恰好《かっこう》」

「べ、別になんでもねぇよ。いつも通りだって」

俺が服装を指摘すると三海はぴしりと固まった。

『ああ、なるほど。そういうことかあ……』

その反応を見てこがねはなにか察したらしい。九十九さんと同じにやけ顔をしながら三海の周りを煽《あお》るようにくるくると漂いはじめる。

「ド緊張してる様子だと、まだあの人はきてないみたいだねぇ」

「――っ、ああもう！　いつになったら来るんだよ！　これじゃあ生き地獄だ！」

にやついているこがねを手で振り払いながら、三海は整えていた髪を掻きむしった。

「いい加減にしてよ三海。そんなにそわそわするなら外に散歩でも行ってきなよ！」

三海に苦言を零《こぼ》しながら、こがねとよく似た狐のあやかしが箒《ほうき》を手にやってきた。

顔は銀色の瞳を除けばこがねと寸分違わない。彼女よりも色が薄い白い金髪は最近肩口までばっさり切ってしまった。

この子の名前は天狐神白銀《てんこのかみしろがね》こと、しろがね。こがねの片割れのような存在で、ついこの間まで敵対していたけれど晴れて特務課の一員として戻ってくることができた。

「恭助《きょうすけ》、早く三海黙らせてよ。コイツさっきからずーっと屋敷の中歩き回ってるんだ。先にボクたちが我慢の限界になる」

「うーん。それなら気分転換に稽古でもしようか？　本気でやれば気も紛れるでしょ」

九十九さんは爽やかにしろがねが持っていた箒を持ち、三海に向ける。

『妙案だな。気を失ったほうが時間が経《た》つのが早いだろう』

「なんでオレが負ける前提で話進めてんだコラ！」

俺を除いてやいのやいのと進んでいく話に待ったをかけた。

「あの。話に全くついていけないんだけど。これからここに誰が来るんだ？」

『今日ここにくるのは三海の――』

「大変です！　偃月院本部前に妖魔《ようま》が複数出現しました！」

こがねの声を遮るように、少女がこちらに向かって走ってきた。

面布《めんぬの》で目元を隠した白髪のおかっぱ姿の女の子。彼女は鬼の百目鬼《とどめき》ちゃん。特務課の後方支援担当だ。

「数は？」

「下級妖魔に見えますが、数は十五ほどです！　どなたか二名飛んでいただけますか」

百目鬼ちゃんの言葉に俺たちは顔を見合わせた。

こがねを含め、ここにいる五名は前線部隊だ。俺はしろがねと、九十九さんは三海と二人一組で任務に当たることが多いのだけれど――。

「真澄《ますみ》くん、今日は譲ってあげる」「三海が行きたいって」

九十九さんとしろがねはそれぞれ俺と三海を指さした。

「え、俺？」

「はあっ!?　いつも通りマスミとシロでいけばいいだろ！」

俺と三海は二人に猛抗議する。

「僕は入局初日の可愛い後輩に手柄を譲ろうと思ってね。いい先輩でしょ」

「ボクは稔《みのる》の許可がないと外に出られない。それに、偃月院には近寄りたくないし」

だから任せた、と二人に肩を叩かれた。んな無茶苦茶な理由があるか！

『ええい！　こんなところで揉《も》めている場合か腑《ふ》抜けども！　男ならば腹を括《くく》らぬか！　百目鬼、さっさと現地へ飛ばせ！』

文句ばかりの俺たちよりもこがねは男前だった。

「それでは任務にあたるのは真澄さん、黄金《こがね》様、三海さんの三名ということで――」

「ちょっと待てトドメキ！　オレは行かねぇぞ！　だってあそこには――」

三海の抗議も聞かず、百目鬼ちゃんは目隠しを外し両目を開けた。

彼女が持つのは転移《てんい》能力。鏡の瞳に人の姿を映し、目的地へ強制転移させる。

「――目標。現世《うつしよ》東京都千代田区皇居前直下、幽世壱番街偃月院本部前。真澄さん、三海さん両名を飛ばします！」

百目鬼ちゃんの声と同時に目の前がぐにゃりと歪《ゆが》んだ。意識が百目鬼ちゃんの瞳の中に吸い込まれていく。

合わせ鏡で万華鏡を覗《のぞ》いているように奇妙だがなんとも美しい世界だ。かしゃんと音がして模様が動いたと同時に視界が白く弾《はじ》けた。


次の瞬間、俺たちは空にいた。

独特の浮遊感。ごおっと下から風が吹きあげた。まだまだ修行中の身だという百目鬼ちゃんの転移はかなり荒っぽく、九割の確率で目的地の上空に飛ばされてしまう。

「相変わらず荒ぇ転移だな！」

『それでも少しずつ地面に近い位置になっているだろう』

「それが余計に危ないんだよ！」

三海には立派な羽があるし、こがねは浮遊できる。だけど俺は空を飛べない。

なんとか体勢を立て直しながら、地上を見下ろした。

百目鬼ちゃんのいうとおり、地上では十五体以上の妖魔が二名の人物を囲んでいた。

一人は眼鏡をかけたスーツの男性——俺たちの上司、特務課課長の戸塚稔さんだ。

もう一人は背に大きな黒い羽が生えた、天狗面を被った山伏風のあやかし。

「早く助けないと！」

見るかぎり戸塚さんは丸腰だ。もう一人は錫杖《しゃくじょう》をもってはいるが、髪は白く老齢に見える。

「――開眼」

目を開くと金色の瞳が輝く。

視界に神経を集中させると、周囲の音が消えた。普通の人には決して見えない世界。これが俺とこがねの力。全てを見通す千里眼だ。

敵の弱点、動きの道筋、千里眼は全てのものを見通す。

妖魔は今すぐにでも戸塚さんたちに襲いかかろうとしていた。的確な道順を辿《たど》り早く助けに行かないと。

『まて、真澄』

こがねに止められた。戸塚さんが俺たちを見上げてなにか喋っている。

「よ　け　ろ　」

口の動きで言葉を理解した。

その瞬間、戸塚さんの隣に立っていた天狗面のあやかしが動いた。手に持っていた錫杖を軽く地面に打ち付ける。

飾りが揺れると同時に無数の音の波紋が広がっていくのが見えた。

「――マスミ、やべぇ！」

ぐっと襟首を摑《つか》まれた苦しさで、意識が逸れ千里眼が閉じる。

顔をあげると、三海が俺を摑んで上空に飛び上がっていた。

一体なにが、と下を見た瞬間。鋭い風が舞い上がり、俺の前髪が数ミリ切れた。

「――っ」

目の前を通り過ぎたのは鎌のような鋭い風の刃。

戸塚さんとあやかしを中心に半球を描くように、無数の風の刃が妖魔たちを木っ端微塵にしていた。

「アれ？」

妖魔は攻撃を受けたことにも気付かないまま、肉片になって地に落ちた。

三海が止めてくれなければ俺もアレに巻き込まれていただろう。考えただけでぞっとする。

「相変わらず、えげつねぇ技だな」

三海は冷や汗を流しながら、ゆっくりと戸塚さんたちのもとへ降りていく。

「ナにが起キタ……」

地面に降り立つと、首だけになった妖魔が喋っていた。

「この程度の攻撃も見抜けぬ輩《やから》が儂《わし》を襲おうなど……千年早いわ」

あやかしは妖魔を見下ろしながら、その顔を錫杖で潰す。

じゅっ、と熱いフライパンに水滴を落としたような音がして妖魔《それ》は消えた。

『戸塚、無事か』

「ああ。問題ない」

こがねに寄られた戸塚さんは顔色一つ変えず、眼鏡の位置を直した。

「あの、こちらの方は……」

俺が声をかけると天狗面を被った人はこちらを向いた。

鋭いくちばしが生えた赤い天狗面。高い一枚歯の下駄《げた》。立っているだけで威圧されるほどのオーラを放っている。明らかにただ者ではなさそうだ。

「其方が半人半妖の狐憑《つ》き、西渕《にしぶち》真澄だな」

「は、はい」

渋い声に背筋が伸びる。声音からして年齢は相当上だろう。

彼はちらりと俺の背後に視線をうつす。そこには大柄な三海が全力で体を縮めて俺の背中に隠れていた。

「おい三海……なにしてんだよ」

「うるせえ。黙れ。オレはいねえ」

いや、小学生か。どこからどう見たって丸見えだ。

『三海。往生際が悪いぞ。いい加減腹を括ってしゃきっとしないか』

その瞬間、天狗面のあやかしが動いた。

錫杖の頭部を握ると、そこから現れた刀身。どうやら隠し刀のようだ。

彼はそのまま刀を構え、俺たちの前に立つ。ほんの一瞬のできごとだった。

「――っ！」

突き出された刃は俺の真横をすぎる。刺されたのは背後の三海ではなく、生き残っていた妖魔の額だった。

「……っ、クソ」

「さすが妖魔。図太い生命力だ」

天狗面のあやかしは今度こそ妖魔がいなくなったことを確認すると、さっと身を翻し三海の胸ぐらを掴んで地面にひっ倒した。

「……っぐ！」

流れるような動きに、抵抗する間もなく倒れた三海。その首めがけ、烏天狗は刀の切っ先を振り下ろす。

「三海！」

「生き残りにも気付かず背中を向けるとは……とんだ腑抜けだな」

刃は三海の首筋ぎりぎりでぴたりと止まった。

「百年経っても相変わらずの体たらく……烏天狗が聞いて呆《あき》れるわ、この馬鹿弟子」

「――師匠」

「師匠……？」

三海に視線を下ろすと彼は悔しげな表情を浮かべてそのあやかしを見上げていた。

「こちらは烏天狗の鞍馬《くらま》殿。京都の幽世、鞍馬山に住む烏天狗の長で偃月院元老会の幹部だ」

「烏天狗の鞍馬と申す。いつも馬鹿弟子が世話になっておる」

刀を収めた鞍馬というあやかしは、深々と頭を下げた。

「鞍馬の天狗って……どこかで聞いたことがあるような」

「鞍馬山の大天狗。牛若丸……源義経に剣術を教えた方だよ」

「……まさか、ご本人？」

日本人なら誰しもが知っている偉人の名に、恐る恐る鞍馬さんを見る。

「牛若……また懐かしい名だな。彼奴は人間の一番弟子。彼の名は現世にそんなに知れ渡っているのか」

「有名ですよ！　日本人ならみんな知ってます！」

興奮気味に答えると鞍馬さんは嬉《うれ》しそうに笑った。

「そうかそうか。牛若はとても良い若者であった。彼の師でいられたこと、とても誇りに思っておる」

偃月院の幹部と聞いてどんな恐ろしい人かと思っていたが、予想外に鞍馬さんはとても好意的な人だった。

『偃月院の長老たちは人間嫌いな者が殆《ほとん》どだが、鞍馬は比較的人間に好意的だからな』

「人とは儚《はかな》く、脆《もろ》く、そして愛《う》いものだ」

「……っ、オレ抜きで話を進めるなっ！」

そういえば三海がいたことを忘れていた。

声がしたので地面に視線を下ろすと三海の姿が消えていた。その姿を探せば、鞍馬さんの背後をとっているじゃないか。

あろうことか、師匠の頭めがけて振り下ろされた錫杖は、鞍馬さんの手で易々《やすやす》受け止められた。そのまま彼が錫杖を軽く引くと、三海は派手にすっ転ぶ。

「儂を倒そうなど一万年早いわ。馬鹿弟子」

「今さらなんの用だよ！　オレを連れ戻そうってか！」

さっきまで萎縮していたのが嘘《うそ》のように三海は何度も鞍馬さんに攻撃を仕掛けたが、一撃も命中することはなかった。

「三海の様子がおかしかったのって鞍馬さんが原因なんすか？」

「ああ。なんでも百年前、鞍馬殿の修行に耐えきれなくなった三海が山を下り逃げ出したらしい」

「あー……それで、会うのが怖かったわけか」

『偃月院の会議のついでに鞍馬は弟子の様子を見にきたのだろうよ』

　こがねの言葉に鞍馬さんが固まった。

「らああっ！」

　全力で錫杖を振りかぶる三海の攻撃を避ける鞍馬さん。

「っち、やかましくて落ち着いて話もできんわ——固縛！」

　鞍馬さんが錫杖を鳴らすと、三海の手足が光る輪に拘束された。

「……っ、くそ！」

　三海が使っている拘束術より数段強固に見えるそれは簡単には外せなそうだ。

「違うぞ、天狐神黄金《てんこのかみこがね》。儂はお主……というかそこの少年に会いにきた」

「え？　俺？」

　自分を指さすと、鞍馬さんは大きく頷《うなず》いた。そして錫杖を三海の腹に振り下ろす。

「天狐を身に宿した半人半妖の少年よ！　新人研修だ！」

「は？」

「いってえええええっ！」

　俺と三海の声が重なった。

「公安局の新人局員は鞍馬殿指導の下、京都の鞍馬山で一週間新人研修を行うのが通例だ」

「……俺もそこに行けと？」

「否。お主は例外だ。儂が東京幽世に滞在する五日間みっちり鍛え込んでやる」

なんだか嫌な予感がする。

「久しぶりの新人。そしておまけに半妖ときた。ヒトの子よりも鍛えがいがありそうだ！　我が馬鹿弟子と共に性根をたたき直してやろう！」

「ひっ……」

「冗談じゃねえぞ！　クソジジイ！」

三海の絶叫が幽世に木霊する。

こうして俺と三海の地獄の研修が幕を開けた。

＊　＊　＊

翌日――幽世公安局公安部特務課本部、中庭。

「この五日の間、みっちり鍛え込んでやる。儂を殺すつもりでかかってこい」

「……う、うっす」

向かい合う鞍馬さんは準備運動をしながらかっか、と楽しそうに笑っている。

俺の新人研修内容は極めてシンプル。鞍馬さんとの手合わせ稽古だ。

特務課は対妖魔専門の戦闘要員。そのため一般の局員とは違い戦闘力を磨くことが最優先とのことらしい。

「真澄くんがんばれ〜」

「黄金に怪我《けが》させたら許さないからね」

縁側では見回り前のしろがねと九十九さんが野次馬にきていた。

「オマエらは呑気《のんき》でいいなっ！」

その後ろを作務衣《さむえ》姿の三海が雑巾がけしながら駆けていく。なんでも弛《たる》みきった性根をたたき直すと、鞍馬さんから屋敷のありとあらゆる雑用を命じられたらしい。

ということで、見回りに行けなくなった俺たちの代わりに九十九さんとしろがねコンビで任務に当たってくれることになったわけだ。

「三海、ぞうきん掛け終わったら次は倉庫の整理お願いね」

奥の部屋から姿を見せたのは毛先に赤いグラデーションが入った黒髪の美女。特務課のナンバーツー、鬼蜘蛛《おにぐも》のヒバナさんだ。

「勘弁してくれよ姐《あね》さん……なんでオレがこんなこと……」

「あらいいじゃない。三海はいつも掃除なんてしないんだから。この機会に屋敷の大掃除しちゃいましょ」

「いやだあぁ!!」

ヒバナさんは微笑みながら背中から蜘蛛の足を生やし、三海を掴まえて引きずっていった。

「——さて、騒がしいのが消えたところではじめようかの。まずは小手調べだ。好きにかかってくるといい、少年」

「……いきます」

深呼吸をし、拳を構えて腰を落とす。

「——開眼」

俺は千里眼を開くと同時に動き出した。

鞍馬さんは立っているだけだ。身構える素振りもない。だというのに隙の糸が全く見えない。どこから攻めればいいのか千里眼を以《もっ》てしても見えなかった。

(くそ、やるしかねぇっ!)

引くわけにもいかず、俺は鞍馬さんの間合いに入り闇雲に拳を打った。

「——っ!」

やはり最小限の動きでいとも容易《たやす》く避けられた。逃がさないようにすかさず連撃を打つがどう頑張っても当たらない。

「ふっ……その程度か」

「――っ！」

拳を受け止められたと思った次の瞬間、俺は空を見上げていた。地面に倒されたんだ。

「あ……？」

なにが起きたかわからなかった。目を瞬かせると俺は鞍馬さんに見下ろされている。

これでも体術は毎日九十九さんにしごかれていたはずなのに。

鞍馬さんの服は塵《ちり》一つついていない。今のは一体なんなんだ。

『鞍馬は古武術の使い手だ。生まれて二十年程度の真澄では相手にもならない』

「マジかよ……」

ひょこりとこがねに顔を覗き込まれ、溜息《ためいき》をついた。

相手は千年以上生きている化け物だ。そんな相手から一本取れだなんて無理ゲーにも程がある。

「弱いな。戸塚と九十九はもっと強かったぞ」

「あの二人もおんなじ修行してたんですか？」

起き上がりながら縁側を見るといつの間にか戸塚さんも見学にきていた。

「ああ。二人とも儂から一本取っている」

「マジっすか」

『彼奴らは人の子の中でも別格中の別格だ。気落ちすることはない』

落ち込んでいる俺をこがねは背中を叩いて慰めてくれた。

「さて……軽く其方の動きを見せてもらったが。全然なってないな」

「うっ、そこまでいいますか」

「妖魔との戦いは命がけ。世辞をいったところで舞い上がって死ぬだけだ。お主は先の百鬼夜行を止めたようだが、それは黄金の力と運が良かっただけだ。お主の実力ではない」

ストレートな言葉に胸がぎゅっと締め付けられる。先生に説教されている気分だ。

「つまり俺は特務課の足手まといってことですかね……」

「今のままならそうだが、なにも否定しているわけではない。人の子は皆、磨けば光り輝く原石だからな。伸び代は無限にある」

鞍馬さんは腕を組みながらケラケラと笑った。

「少年。お主は武器を使わぬようだが、肉弾戦が得意なのか」

「武器はどうもしっくりこなくて。素手のほうが間合いも計りやすいし、戦いやすい気がするんですよ」

成る程、と頷きながら鞍馬さんは俺の全身を見回した。

「生身の人間の攻撃はあやかしにはまず効かない。だから局員はそれぞれ愛用の武器で戦っている」

「じゃあ俺も武器の訓練をしたほうがいいってことですか」

最後まで話を聞け、と叱られた。

「だが、お主は人間ではない。半妖だ。戦闘は規則に則《のっと》るものではない。自身が得手とするもので戦うのが一番強いに決まっている」

さて、と鞍馬さんは俺の前に手を差し出した。

「少年。儂の手に、思い切り拳を打ち込んでみろ」

「……はい」

いわれるがままに俺はその掌《てのひら》めがけ思い切り拳を打ち付けた。乾いた音がしたが、一切手応えがない。不思議に思っていると鞍馬さんに強く拳を握り込まれた。

「儂がなってないといったのは、お主は自身の力を全く使いこなせていないという意味だ」

「俺の力？」

「ああ。少年、お主は今私の妖気を取り込んでいることに気付かないのか」

「……え？」

鞍馬さんの言葉に目を丸くした。

「拳の辺りに力がたまっているのを感じないか？」

拳の周囲を指でなぞられる。いわれてみれば拳の辺りが熱いような気も。

「お主には立派な目がついているだろう」

ああ、そうか。千里眼で見てみればいいんだ。

鞍馬さんの腕を白い靄《もや》のようなものが取り巻いている。それは俺のほうへと流れていき、拳を覆うように渦巻いていた。

「これが妖力を吸っているってことですか」

「左様。少年自身の妖力は微弱なものだが、こうして対峙《たいじ》した者の妖力を吸い取りそれを拳に乗せて放っているのだろう。無自覚故に、その威力はまちまちといったところだがな」

「妖力を吸い取った拳で殴れば、妖魔にも効くってことですか？」

「そうだな。この状態で殴られればさすがの儂も痛いだろう」

だから離す、と鞍馬さんはぱっと手を離した。

俺は妖魔の邪悪な気を祓《はら》い、そして相手の妖力を吸い込む――以前こがねに教えてもらったことがあった。

俺が死にかけたとき、俺はこがねの力を奪い自分のものにした。

自分が助かるためにこがねの妖力を根こそぎ取り込もうとしたため、彼女は仕方がなく俺に憑依することになったらしい。

『真澄は無意識だろうがこれまでも戦闘時は私の妖力を拳に乗せているぞ。まあ、その強弱は感情に左右されやすいようだがな』

「ああ……だからたまに妙に力が溜《た》まっているような気がしているときがあったのか」

鞍馬さんとこがねの話には思い当たるところがあった。なるほど、と頷きながら拳を握る。

「その力を自覚を持って発揮できるようになれば、格段に強くなれるだろう。今はそれを目標に訓練していこうかの」

「……はい！」

鞍馬さんの指導は的確だった。

さすが多くの弟子を持っている人だ。説得力があり、わかりやすい。

「あとの課題は千里眼の使い方だな。黄金。今少年は其方の力をどの程度使いこなせている」

『大きく見積もっても二割といったところだな』

「そ、そんなもんなのか？」

あまりの数字に俺はぎょっとしてこがねを見た。

『千里眼で得られる情報はそれこそ無限だ。故に間違った使い方をすれば其方の脳が焼き切れてしまう。だから私が制御しているんだ』

「マジかよ……」

「では、千里眼の使い方も目標に追加だな」

色々と俺の課題が挙げられていく。だが、改善点が見つかればそれを一つずつクリアしていけばいいだけだ。

「さて、それを踏まえてもう一度だ。黄金も千里眼の制御を少しずつ教えてやれ。感覚ではなく言葉で的確に伝えることが大事だ」

『う、うむ。やってみよう』

鞍馬さんに促されるままこがねは俺の中に入る。

『それでは真澄。手始めに千里眼で鞍馬を見るんだ』

「了解」

頭の中で響くこがねの声。いわれたとおりに俺は千里眼を開き鞍馬さんを見る。

彼の周囲には白い靄のようなオーラが漂っているのが見えた。それと重なるように見える色がついた靄は感情の色。そしてその後の動きの道筋なども見える。

千里眼は一度に色々な情報が可視化されるため非常に目に負担がかかる。

『視点を定めないと一度に大量の情報が押し寄せ混乱する。見たいものだけに意識を研ぎ澄ませるんだ』

「今は、儂の妖力を見てみろ」

『そうだな。鞍馬の体の表面に白い靄が見えるだろう。それが妖気だ』

「わかった」

俺は白い靄に意識を集中する。

『よいぞ。そのままよく聞け。あやかしは皆妖気を纏《まと》っている。それは力の使用時や感情の振り幅によって膨張されて見えるようになる』

鞍馬さんが戦闘態勢に入った。すると、彼の表面を漂っていただけの妖気が炎のように燃えあがりはじめた。

「お主はこの妖気に触れさえすれば自分の内に取り込める。今から儂が攻撃する故、その妖気を奪い反撃してみろ」

「は、はい！」

いうなり鞍馬さんが動き出した。

派手な動きではない。けれど一歩動いただけでもう目の前に来ている。

千里眼のお陰で少しはゆっくりに見えているが、それでも速い。

鞍馬さんが手を動かすと、白い妖気が手の周辺だけ広がった。

(これを、掴む)

鞍馬さんの妖気を掴むように靄に触れた。

（妖気が――）

俺の手の周りを覆う妖気が広がった。そのまま拳を握れば妖気は腕の周囲を渦巻き、力が溜まっていく感覚がわかる。

これを、相手に打ち込めば――。

「――がっ⁉」

だが、拳を振るう前に俺はまた地面に仰向《あおむ》けに倒れていた。

「……は？」

「妖力を吸い取ることは上手《うま》くいったようだ。だが――攻撃はあてなければ意味がない。さぁ実戦あるのみだ。時間は十分ある。共に楽しもうぞ、少年」

「は、ははっ……」

そこからはずっと鞍馬さんのターンだった。俺は殴られ、投げられ。攻撃する暇もなく一方的にやられていた。

「――っ」

「十分間休憩にする」

かれこれ一時間投げられ続けた。体が痛い。空は青い。

「がんばれ真澄くん。僕らはそろそろ見回りいってくるよ」

ぼんやりと空を眺めているると九十九さんが覗き込んできた。

「……九十九さんは鞍馬さんからどれくらいで一本取れたんですか？」

「僕？　僕は初日だよ。戸塚さんは三日くらいっていってたかな」

あ、これは聞かないほうがよかったやつだ。この超人たちを参考にするのが間違ってた。

「まーじーかーよぉー」

「あははっ、強くなるの期待してるよ。頑張れ新人！」

「じゃあね、真澄。死なない程度に頑張って」

両手で顔を覆ってゴロゴロ転がる俺を笑いながら九十九さんとしろがねは見回りに出掛けていった。ああ、もう。なんか泣きたくなってきた。

「おう、頑張ってんな。マスミ」

次に覗き込んできたのは三海だ。

「……なんかお前が修行から逃げ出した理由わかる気がするわ」

「ははっ、だろ？　あのクソジジイ、実力だけは確かだからな」

三海は笑いながら水を渡してくれた。

冷たい水が体に染みていく。来週から鞍馬さんの研修を受ける同期のみんな頑張れよ。

＊　＊　＊

「少年、三海。課外研修だ。少し付き合え」

研修三日目の夜、俺たちは突然鞍馬さんに外へと連れ出された。

「――あのぉ。これ、研修と関係あるんですか？」

「たまには息抜きも必要だろう」

酒を呷《あお》る鞍馬さんの両脇には着物姿の綺麗《きれい》なお姉さんたちが座っている。

ここは幽世肆番街にある花街。現世でいうと台東区千束――江戸時代に栄えた遊郭吉原があった場所らしい。

というわけで、今俺たちは今幽世の吉原で大人の遊びをしています。

「アンタが来たかっただけだろ、このスケベじじい」

胡座《あぐら》をかき頬杖《ほおづえ》をついている三海がつまらなそうに溜息を零す。

「ずっと山に籠もっていたからな。たまには俗世で羽を伸ばすのも一興だろう」

遊女さんにお酌をしてもらっている鞍馬さんは上機嫌だ。

お面で表情はわからないが、完全に鼻の下が伸びているに違いない。

三海の女好きは師匠譲りに違いない。

『……全く。女を侍《はべ》らせてなにが楽しいのやら』

呆れるこがねは遊女さんに頬をつつかれて遊ばれていた。

「戸塚の旦那に黙って出てきてよかったのかよ。バレたらオレらの首が飛ぶ」

「其方らと違って儂は監視下にあるわけではない。それに、其方らは今は儂のもとで研修中の身。弟子をどう扱おうが師の勝手であろう」

俺たちは訳あって戸塚さんの許可がなければ外出はできない。彼はその事情も汲《く》んでくれていたらしい。

「……にしても。幽世にはまだ吉原があったなんてな」

舞台の上で舞を踊っている遊女たちをぼんやりと眺める。なんだか夢でも見ている気分だ。

『現世には吉原はもうないのか？』

「ああ。もう歴史上の存在だよ。現世ではもう跡形もない。それに……俺の世界ではこういう店はもう違法なんだ」

「勿体《もったい》ない。男なら誰しもが一度は憧れる華やかな夜の街だろう。今日は儂の奢《おご》りだ、好きに飲み食いするが良い」

鞍馬さんはそれはもう楽しそうに、踊っている遊女たちに合いの手を入れていた。

「ささ、旦那さんもどうぞ飲んでくんなまし」

「あ、どうも……」

美人さんに酌をされて身が強《こわ》ばる。正直俺はあまりこういう場には慣れてない。

酒も、目の前に並ぶ豪勢な料理も美味《おい》しいはずなのに、正直緊張しすぎて味がよくわからなかった。

「ささ、そちらの旦那さんもどうぞ」

「いや、オレはいいわ。あんがとな」

『三海……？』

一番楽しんでいると思った三海は杯を置いて席を立ってしまった。

彼が立ち去り、しんと静まりかえる部屋。鞍馬さんが深い溜息をついた。

「折角彼女たちが盛り上げてくれておるというのに、あの馬鹿弟子め」

「俺、ちょっと追いかけてきます！」

慌てて三海の後を追う。

いつも女の子に甘い言葉を囁《ささや》く軽い男が一体どうしたっていうんだ。

部屋の外に出ると、三海は渡り廊下の手すりにもたれ掛かり地面を見下ろしていた。

「おい、三海。急にどうしたんだよ」

「なんだよ。追いかけてきたのか……気にせず食っててよかったのに」

『女好きの其方が急に出て行ったら誰だって気になるだろう』

「酷え言い草だな」と肩を竦《すく》める三海。ぼんやりと外を眺めるその表情は心ここにあらずといった感じだ。

「よりによって、なんでココかねぇ……」

「そんなに鞍馬さんのことが嫌いなのか」

「まぁ、あのじいさんが苦手なのに変わりはねぇけど……ここはあまりいい思い出がないんだよ」

「吉原が？　色んな女の子に手を出しすぎて恨まれでもしたのか？」

「はっ、オレはそれくらいじゃへこたれねぇよ」

首を横に振る三海の表情がどんどん曇っていく。

「ここにいる女の子たちの境遇、知ってるか？」

「……ああ」

三海の隣で俺も手すりに体を預けた。

煌《きら》びやかな世界には必ず裏がある。遊郭とは、身売りされた女性が借金を返すために身を粉にして働く場所。余程の事情がなければ彼女たちがここから出られることはない。

「あやかしはそういうのは無縁だと思ってた」

「んなことねぇよ。黄金やじじいみたいに高貴で出自がはっきりしてるヤツらはほんのひと握りだ。それ以外のヤツらは結構悲惨だよ」

三海の言葉にこがねは息を呑《の》む。自由奔放なあやかしにもそれぞれ抱えている問題はあるのだろう。

三海の視線を辿ると、そこは沢山のあやかしが歩いていた。

身なりのいい着物を着た強そうなあやかし。その横をごまをすりながら歩く平凡そうなあやかし。そして建物のすき間に身を隠し蹲《うずくま》るあやかしの子供。

貧富の差があるのは幽世も現世も変わらないようだ。

「オレも昔ここにいたんだよ」

「え？」

意外な言葉に目を丸くした。

「じいさんのもとを抜け出して、行く当てもなくここに流れ着いた。色んな女と遊んだし、騙《だま》されもしたし泣かせもした。今思えば相当クズなことしてたよ」

「それがなんで特務課に入ることになったんだ？」

「キョースケにボコられた」

「は？」

「見回りに来てた戸塚の旦那と恭助を殺そうとしたら返り討ちに遭ったんだよ」

「……まじかよ」

信じられずに視線を送ると、三海は真顔で頷いた。どうやらマジらしい。

『ああ、思い出した……そんなこともあったなあ』

三海にとっては忌々しい思い出をこがねは懐かしそうに笑う。

「なんでそんな無謀なことを？」

「人間はか弱い生き物だって聞いてたから、簡単にやれると思ったんだよ！」

相手が悪かった。あの二人は「か弱い生き物」の対極に存在している人間なんだから。

「気付いたら俺はキョースケに半殺しにされてた。それを止めた戸塚の旦那に勧誘されて今に至るってワケよ。旦那がいなけりゃオレは今ごろあの世だぜ」

「どんだけ強いんだよ、あの人たち……」

当時の光景を想像して思わず顔が引きつった。

三海が二人に絶対逆らわないのは、そういった経験があったからだろう。

「とにかくここには苦い思い出しかねえんだよ。じいさんだってそのはずなのに、なんで今さらこんなトコに――」

「――さて、帰るぞ」

遠くの部屋からすぱんと襖《ふすま》が開く音がして鞍馬さんが部屋を出てきた。

「うわっ、酒臭っ！」

『泥酔するほどの量を飲んでおらぬだろう！』

まだ店にやってきて一時間と経っていないというのに千鳥足の鞍馬さんは完全にできあがっていた。

「さあ、今日は朝までとことん飲むぞ～！」

勢いそのまま俺たちは肩を抱かれ、陽気に店を出た——のだが。

「……っ、なんだあの酒は。妙な薬でも入っているのか」

外に出た途端、鞍馬さんは路地裏の脇で盛大に吐いていた。

「下戸のくせにのせられて飲むからだっ！」

このクソジジイ、と暴言を吐きながら三海は鞍馬さんの背中を摩《さす》っている。

「酒が飲めないあやかしもいるんだな」

『鞍馬は基本山に籠もっておるからな。こうして下界に降りること自体珍しいのだ』

「戸塚さんに迎え頼もうか」

無断で吉原なんかにきていたら怒られそうな気もするが、背に腹は代えられない。

ポケットからスマホを取り出し、戸塚さんに連絡を取ろうとすると背後から影が降りてきた。

『……邪魔者がきたようだ』

「けけけっ、オマエ。ニンゲン、だなぁ？」

路地裏の暗がりからぬらりとあやかしが現れた。二足歩行の猪頭《いのしし》の化け物だ。

「ここはオレサマの縄張りなんダよぉ。ダレの許可がアって、ここにキてるんだア？」

興奮気味に猪頭はオレを見下ろす。荒い鼻息が獣臭くて吐き気がした。

「……ちっ。邪魔しやがって」

三海が戦闘態勢に入ろうとしたのを鞍馬さんが腕を掴んで止めた。

「丁度いいチンピラだ。少年、実戦してみろ」

「うっす」

口を拭いながら鞍馬さんに命じられ、俺は拳を構えた。

「なんだア？　そこの烏天狗じゃなくてニンゲンが戦うのかァ？　謝るなら、今のウチだぞォ？」

「ブヒブヒうるせえんだよ。さっさとかかってこい、この猪野郎！」

「ぶ、ぶひぃぃぃぃいいいいいいっ！」

挑発すると猪頭はカンカンに怒って襲いかかってきた。やはりこういう雑魚は煽り耐性が一切ない。

「──こがね。頼む」

『うむ』

こがねが俺の中に戻ると、その妖力を体全体に巡らせる。そうすれば相手の攻撃を受けても多少の守りにはなるらしい。

「――開眼」

そして千里眼を開き、相手の動きに集中する。

猪頭は怒っているため妖気が荒く燃え広がっている。うん、これなら練習台に丁度いい。

(――相手の妖気を掴む)

地面を蹴り猪突猛進《ちょとつもうしん》してきた猪頭の攻撃を受け流し、俺は拳を振るい妖気に触れる。

「くかかっ、バカめ！　空振りだ！」

「いや、これでいい」

猪頭の背後に立った俺は次に千里眼で相手の急所を探す。

振り返って攻撃しようとする猪頭の鼻に見える大きな黒い光。これが弱点だ。

俺の拳にはヤツの妖気がまとわりついている。それを掴むように拳を握り――。

「一気に打つ！」

猪頭の鼻目がけ鋭いストレートをお見舞いした。

「――がっ」

どごん、という重い音がして猪頭は泡を吹いてその場に倒れた。ぴくぴくと痙攣して起き上がる気配はない。

「できた、のか？」

「上出来だ。飲み込みがいい」

いつのまにか復活していた鞍馬さんに拍手をおくられた。

『千里眼の使い方も上手かったぞ。強くなったな、真澄』

「はは……どうも」

二人から褒められるとどうにも照れくさい。

絡んできたヤツも倒れたことだしさっさと帰ろうとすると、俺たちの目の前になにかが降ってきた。

「……なんだ!?」

地面を抉《えぐ》るような衝突音。あがる土煙の向こうには人影が見えた。

「──四方陣展開　抉れ　地穿《ちせん》」

「皆、下がれ！」

土煙の中から鈴のような音が聞こえた瞬間、鞍馬さんが前に出た。

「──守護円陣多重展開　閉じろ　鳥籠」

俺たちの足元に四角形の魔方陣が現れたのと、鞍馬さんが召喚した鳥籠が俺たちを囲んだのはほぼ同時のことだった。

次の瞬間地面が割れる音がして、俺たちが立っている周囲の地面が一メートルほど抉られていた。

「嘘だろ……そんなはずねぇ」

三海が茫然《ぼうぜん》と立ち尽くし、その人影を見つめている。

「かかっ、そう簡単には倒せねぇなあ!?」

目の前から声がして土煙が晴れていく。

大きな翼が生えたあやかしだ。それが認識できた瞬間、それは錫杖を手に凄まじい速度で突進してきた。

「鞍馬さん！」

鞍馬さんが咄嗟《とっさ》に刀を抜き、相手の武器を受け止める。

そこにいたのは烏天狗だった。ウェーブがかかった長い黒髪。目元だけを隠すようなくちばしがとがった黒い面。溢れだす禍々《まがまが》しい妖気――。

『妖魔だ！』

こがねがそう叫んだときにはもう鞍馬さんと妖魔は戦闘に入っていた。

「くかかかっ！　まさかアンタのほうからきてくれるなんてなあ!?」

「それはこちらの台詞《せりふ》だ！」

妖魔も錫杖型の隠し刀を抜き、互いに刃を交わし合う。

刃を打ち合い火花が散る。あまりにも速い攻防に目が追いつかない。

「円陣展開――」

「――陰影現出　呑まれろ　影蝕《かげはみ》」

妖魔がにやりと笑い呪文を唱えた瞬間、鞍馬さんの体勢が崩れた。よく見ると彼の片足が闇に呑まれていた。

「おのれっ！」

「かかかっ！　年老いたなジジイ！」

その一瞬の隙を突き、妖魔は思い切り刀を振りかぶった。

「鞍馬さん！」

『まずい！』

我に返り助けに入ろうとした瞬間、目の前に血しぶきが飛び散った。

「…………っ、ぐ！」

鞍馬さんが肩口を思い切り切られたんだ。肩から真っ赤な血が噴き出し、跪《ひざまず》く。

「っ――吹き飛べ、山颪《やまおろし》！」

その瞬間、三海が鞍馬さんの前に立ち、懐から出したヤツデの葉を思い切りふった。

すると妖魔に向かって強風が吹き付け、俺たちを守るように風の壁ができる。

「マスミ、コガネ！　一旦引くぞ！」

「でも！」

三海が鞍馬さんを背負いこちらに向かって手を伸ばす。

鞍馬さんがやられた今、この場で実力のわからない相手と戦うのは不利だろう。でも、妖魔が目の前にいるのにみすみす逃げていいのだろうか。

『いいから行くぞ真澄！　逃げるのは恥ではない！』

「……っ、ああ！」

俺が手を摑むと、三海は両肩に俺と鞍馬さんを抱えて飛んだ。

「かかっ、また逃げるのか！　変わってねぇなあ、腰抜け三海くんよぉ!?」

「――っ！」

下からかけられた言葉を無視して三海はひたすら空を駆ける。

「クソ、クソっ……なんでアイツがここにいる！　アイツは死んだはずだ！」

「三海……？」

俺たちを抱く三海の手には信じられないくらいの力が籠もっていた。

＊　＊　＊

「三海さん、真澄さん！　鞍馬様はご無事ですか!?」

命からがら玄関を開けると、すぐに百目鬼ちゃんが走ってきた。

妖魔が現れれば自動的に本部に通達が届く。きっとあの光景を彼女は見ていたはず。

「師匠！　師匠の手当を！」

三海が鞍馬さんを下ろすと、肩口からは血が止まらずに溢れていた。鞍馬さんは苦《く》悶《もん》の声を漏らしている。

「ええと……清潔な布と、あとはお湯とか必要よね！」

「ボクは医者を呼んでくる！」

ヒバナさんは慌てて屋敷の奥へ走りだし、しろがねも屋敷の外へ飛び出した。

「百目鬼。客間に布団を敷いてくれ。九十九は偃月院本部へ連絡！」

戸塚さんの指示で百目鬼ちゃんと九十九さんも動き、その場に残ったのは現場に居合わせた俺たちだけ。

「誰にやられた。状況報告を」

「あ、あの肆番街の遊郭で急に妖魔が現れて。いきなり襲いかかって――」

「アイツは四木《しき》だ」

俺の言葉に三海が被《かぶ》せる。

着物を鞍馬さんの血で汚した三海は茫然と立ち尽くしている。その目は泳いでいた。

「かつてオレと一緒に鞍馬山を下り、落月教《らくげつきょう》に堕《お》ちた死んだはずの兄弟子だよ」

落月教――偃月院そして俺たち公安局と敵対する組織。

信じがたい言葉に俺は三海を見上げることしかできなかった。

＊　＊　＊

「――抜かった」

翌朝、床に臥《ふ》せる鞍馬さんが忌々しそうに呟《つぶや》いた。

「鞍馬殿を襲った妖魔に関しては昨晩のうちに偃月院本部に報告済みです。対峙した妖魔は死んだはずの妖魔・烏天狗四木で間違いないようですね」

「まさか破門した弟子にやられるとは……儂も老いぼれたものだよ」

報告を続ける戸塚さんの傍で鞍馬さんは乾いた笑みを零す。

縁側のほうから大きな足音が聞こえてきたかと思うと襖が思い切り開いた。

「起きたみてえだな、ジジイ」

「なんだ馬鹿弟子。朝から騒々しい」

現れた三海の瞳孔は開ききっていた。そのまま鞍馬さんに近づくと怒りにまかせその胸ぐらを掴みあげた。

「三海！」

「クソジジイ、なんで黙ってた！　アイツはアンタが始末して死んだはずだろ！」

「然《しか》り、儂は四木を一度殺した。だが……奴《やつ》はどういうことか生きていた。偃月院からその報告を受け、儂が再び討伐の任を与えられた次第だ」

『だからわざわざ吉原に出向いたわけか。俗世に疎い其方が珍しいと思った』

鞍馬さんの説明に合点がいったように黄金は頷く。

「四木が生きているとわかってて、どうしてオレに黙ってた！」

その瞬間、鞍馬さんは三海の手を摑み捻《ひね》りあげた。大した力も入れていないのに三海はその場に倒れ込む。

「手負いの儂に張り倒されるお主が四木に敵《かな》うわけがなかろう、馬鹿弟子。奴の狙いは儂の命。そして弟子の尻拭いは師の務めだ。貴様が出る幕ではない」

出て行け、と鞍馬さんは三海に冷たく吐き捨てる。

三海は舌打ちをし苛立ちながら部屋を出て行った。

「おい、三海！」

「放っておけ、あの馬鹿は修行がたりんのだよ」

三海の後を追おうとしたが引き留められた。鞍馬さんは扉を一瞥《いちべつ》すると、やれやれと話を戻した。

「奴が根城にしていた吉原に儂が出向けば姿を見せると思った。そこで息の根を止める手はずだったが……失敗してしまったよ」

「だから僕たちには黙って、自分が囮《おとり》になったわけだ。無謀なことするね」

呆れたように九十九さんが首を横に振る。

「その結果がこのザマだ。こっちの仕事は現世に影響を成す妖魔への対処だ。元弟子の三海はともかく、アンタはウチの管轄外のことに、なにも知らない真澄くんを巻き込んで危険な目にあわせたんだよ」

「そのことに関しては申し開きもできない」

怒る九十九さんに鞍馬さんは素直に頭を下げる。

「少年。新人研修は中止だ。儂のせいですまなかったな」

「いえ……俺は全然」

九十九さんに怒られたのが効いているのか、鞍馬さんはしゅんと肩を竦めている。こうしていると小さなおじいさんのようで、なんだか可哀想に見えた。

「儂も潮時だろうか。此度《こたび》の一件でそろそろ偃月院からもお払い箱になるだろう」

『なにを弱気になっている。其方は偃月院創設の際からいた古参幹部。そう易々と下ろされはしない』

落ち込んでいる鞍馬さんを励ますこがね。

「とにかくだ。昨晩対峙した妖魔・四木に関しては偃月院預かりとなった。西渕は気に病むな。無事に帰ってきただけで上出来だ」

「……でも、あの四木って妖魔は鞍馬さんを狙っているようでした。この隙を見て、また狙ってくるんじゃ」

「だとしても特務課には管轄外の事案だ。偃月院が上手く対処してくれる」

戸塚さんにきっぱりといいきられた。でもなにかが納得いかない。心がモヤモヤしている。

不完全燃焼のまま会議は打ち切られ、俺たちは鞍馬さんが休んでいる客間を出た。

皆がそれぞれの持ち場に戻る中、俺は廊下で立ち尽くす。

『どうした？』

「いや……このままでいいのかなって。俺は鞍馬さんが目の前でやられてるのを見ているだけで、なにもできなかった」

『気持ちはわかるが、其方に責はない。あそこで無理に戦っていたら全員やられていたさ』

こがねが慰めてくれるがやっぱりどうも釈然としない。

「鞍馬さんは本当に四木ってヤツを殺すつもりなのか？　破門したとはいえ、元弟子だろ？　そんな簡単に割り切れるものなのか」

「――マスミ」

背後から声をかけられ振り向くと、そこには三海が立っていた。やるせなさそうな表情をしている。多分、あの中で一番責任を感じているのはコイツだろう。

『どこに行っておったのだ』

「マスミ。ちょっと手合わせしてくれねえか」

「……わかった」

真剣な三海の雰囲気に押され、俺は黙ってついていった。

そしていつもの中庭で俺たちは対峙する。

「遠慮はいらねえ。全力で来てくれ」

「わかった」

錫杖を構える三海に、俺も拳を構え千里眼を開眼した。

「――二重円陣展開　縛固！」

いきなり三海は拘束の術式を展開した。俺を捕らえようと光る二重の輪が現れる。

俺がその輪に拳を打ち付けるとそれはガラスみたいに砕け散った。

「なんだと!?」

「ははっ、思った通りだ！」

術式は妖力の塊。つまり、相手と同量の妖力を打ち付ければ相殺できると鞍馬さんとの手合わせで学んでいた。

試したのはこれがはじめてだけど、思った以上に上手くいった。

「行くぞ、三海！　歯、食いしばれ！」

錫杖を振るう三海の攻撃をかいくぐり、間合いに飛び込む。

少しずつ千里眼の使い方が、自分の力の使い方が、戦い方が理解できてきた。

「っ、らあ！」

「――ぐっ！」

そして三海の腹に拳をクリーンヒットさせると背後に吹き飛んでいった。

地面に大の字に倒れ込み、呆然《ぼうぜん》と空を見上げている。

「大丈夫か？」

差し出した手を三海は摑まなかった。

「……オレの力はこの程度だよ」

三海はやるせなさそうに腕で目元を覆った。

「オレは、相手を束縛したりヤツデの葉を振るって風を起こす簡単な術しか使えねえ」

「三海？」

「たった数日、師匠のもとで鍛えたオマエに負けるくらいの半端もんなんだオレは
……」

三海の声は涙に濡《ぬ》れていた。

「オレは純粋な烏天狗じゃない。元々はただのカラスだった。死にかけたところを師匠に助けられて、鍛えられただけの半端もんなんだ」

それはいつもおちゃらけている三海が吐いたはじめての弱音だった。

「幾ら努力しても立派な術式は使えるようにならねぇ。努力しても後から来る奴に追い抜かされる。でも師匠はオレを見放さなかった。それが悔しくて、だんだん修行するのが嫌になって……四木と一緒に逃げたんだ」

「その四木って烏天狗、どんな人だったんだよ」

三海の傍に腰を下ろすと、三海はむくりと起き上がり話を続けた。

「優秀な烏天狗だった。だが、いつも師匠とぶつかりあってたよ。ある時大喧嘩をしでかして、じいさんは勢いのまま四木を破門にしたんだ。んで、アイツは修行に飽きてたオレを誘って一緒に山を下りてここにきたってわけよ」

「それで吉原にきたのか」

「ああ。用心棒とか便利屋とか色んなことしたよ。これまで山の暮らししか知らなかったオレはそこでの暮らしがすげぇ楽しかった。だが、いつからかおかしくなったんだ」

三海の顔が徐々に曇っていく。

「ある時から四木の様子が変わっていった。最初は吉原で悪さをするやつを懲らしめる位だったのに、それがどんどん酷《ひど》くなって……最終的に命を奪うようになったんだ」

『妖魔に堕ちていたんだな』

「ああ、吉原は裏社会と距離が近いからな。いつの間にか落月教の仕事とかも請けおうようになっちまったんだよ。四木も奴《ヤツ》らの思想に惚れ込んで、力を求めて妖魔に堕ちた。オレは妖魔になる勇気もなく、四木を止める力もなく、傍にいることしかできなかった。その時、オレに落月教から幽世にいる人間を殺せって命令がきたんだよ」

昨晩三海が話してくれた過去の点と点が繋《つな》がった。

「それで三海は戸塚さんたちを襲ったワケか」

「ああ。オレは見事に恭助に返り討ちにあって、特務課に入ることを条件に落月教から足を洗うことになった。四木がじいさんに倒されたと聞いたのはその後すぐだよ」

『其方の立場が悪くならないように、鞍馬は懸命に動いていたそうだぞ』

こがねの言葉に三海は歯がゆそうな表情を浮かべる。

自分の前から姿を消した弟子のためにそこまでする鞍馬さんが本当に四木を殺したのだろうか。

「結局オレはいつも守られてたわけか。じいさんも守れず、四木を止める事もできず、尻尾巻いて逃げて情けねえったらありゃしねえ」

三海は歯を食いしばりながら悔しさを滲《にじ》ませる。

「……なら、一緒に探そう。偃月院が四木を見つけ出す前に」

『真澄!?』

「オメェ、なにいってんだよ」

俺の提案にこがねが目を見開いた。

「俺も同じ気持ちだよ三海。俺もあの時なにもできなかった。このまま、はい黙ってろなんて、気が済まねえよ」

「でも四木は今までずっと行方を眩《くら》ましてたんだ。アイツは影の使い手、影さえあればどこにでも姿を消しちまう」

「俺とこがねならすぐに見つけられる」

三海はきょとんと目を瞬かせている。

『いいのか。これは公安局の事案じゃない。露見すれば戸塚に半殺しにされるぞ』

「こがねは俺たちに脅されたとでもいえばいい」

そういえばこがねはふっと鼻で笑う。

『――誰も付き合わないとはいっていない。負けたままなのは私もいやだからな』

「ははっ、こがねも俺に憑依して毒されてきたか? それならみんなで始末書書くか」

二人で笑っていると、三海は驚きながら、おいと声をかけてくる。

「――千里眼開眼　敵影探索」

地面に両手をつき千里眼を開いた。目標は吉原。

あの場所は地下異界の幽世の地下深くに位置している。空はあまりにも遠く、日の光は届かない。まさに決して眠らない夜の街だ。

烏天狗の姿を探せ。彼の気配は、その妖力は一度会えば忘れるわけはない。

記憶を辿り街の中を探し回る。すると目の前に大きな屋敷が現れた。

「――いた」

この吉原で一番大きな店。ヤツは花魁《おいらん》と酒を酌み交わしていた。

『朝っぱらから女遊びとは悠長なものだ』

「なんでこんなわかりやすいところにいるのに偃月院は今まで四木の存在を把握できなかったんだ」

『吉原は時には偃月院の力が及ばぬ一つの国。もしかしたらここ全体で奴のことを匿《かくま》っているのかも知れぬ』

「なら、突撃一択だな」

敵の姿を把握し、俺は千里眼を閉じた。

視界が元に戻ると不安げな三海と目が合った。

「三海、四木を見つけたぞ」

「は？」

『なにをぼさっとしてる、三海。早く行くぞ？』

「いや……だって、オマエら自分がなにいってるかわかってんのか!?」

俺とこがねは仁王立ちし、三海を見下ろす。

「今俺らは研修中で見回り任務はない。指導者不在なら自習するに決まってるだろ」

『いつまでも腑抜け面をするな！　仇討《かたきう》ちに行《ゆ》くぞ』

「どうすんだよ三海。行くのか、行かねえのか？」

「はっ、後輩に説教される日が来るなんてねぇ」

挑発するように鼻で笑うと、彼は両頬を叩いて気合いをいれる。

「うじうじ悩むなんてオレらしくもねえ。当たって砕けろだ、行こうぜマスミ！」

そして三海は俺を抱え飛び上がった。

俺たちははじめて戸塚さんの命令を破り単独行動に出ることにする。

向かう先はもちろん幽世肆番街・吉原だ。

＊　＊　＊

「おうおうおう！　朝っぱらから女遊びなんていいご身分だなぁ、四木ぃ！」

——吉原遊廓石蕗《つわぶき》屋。三海が意気揚々と襖を蹴破って中に入れば、花魁と寄り添って酒を飲んでいる四木がいた。

「……あ？　なんだ三海じゃねえか。ジジイ抱えて尻尾巻いて逃げたヤツが今さらなんの用だぁ？　また俺の金魚の糞《ふん》になりにきたのかよ」

「はっ、誰がテメエの金魚の糞だよ！　冗談は寝ていえよ死人が！」

俺たちの登場に四木は驚いているようだが、余裕の表情を浮かべている。

「見張りを何人か置いてたんだが、アイツらはなにしてるんだ？」

『ふん、雑魚なら既に寝ているわ』

外を顎で示すと、四木の手下であろう小悪党あやかしたちが山になっている。下手に騒がれる前に俺たちが制圧させてもらった。

「オレに負かされるためにわざわざ地獄の底から這《は》い戻ってくれて嬉しいぜ、クソアニキ！」

「随分いうようになったじゃねえか。テメエもあのジジイも二人揃って甘ちゃんだよなあ。こんな回りくどいことしねえでさっさと俺の息の根を止めてれば……俺に殺されずに済んだのによぉ」

四木はにやりと笑い、持っていた杯を掲げそのまま手を離した。

杯は酒をこぼしながら、ぱりんと音を立て割れる。

「よぉ、かかってこいよ、お山の大将！　その高い鼻へし折ってやる！」

「かかかっ！　おもしれえ、やってみろよ腰抜け野郎！」

三海が煽ると、四木はおかしそうにゲラゲラ笑って錫杖を抜いた。反動でお膳が倒れ、その場にいた遊女さんたちが悲鳴をあげる。

「――円陣展開　千手呑影《せんじゆいんえい》！」

俺たちの足元に大きな丸い影が現れる。

「空間転移！」

四木が錫杖を鳴らすと、影の中から大きな黒い手が現れ、合掌する様に俺たちをその中に捕らえる。

暗闇に包まれた視界に光が差すと、建物にいたはずの俺たちは外に放り出されていた。

「喧嘩売りにきたなら、高値つけて買ってやるぜ、後悔するなよ！」

放り出されたのは空の上。街が逆さまに見える。

だが、無茶苦茶な転移には日頃から慣れていた。

「三海ぃ！」

三海に狙いを定めた四木は刀を抜いて迫り来る。

「――二重円陣展開！　縛固ォ！」

三海が術を唱え、四木を捕らえようとするが彼はそれを簡単に弾いた。

「テメエの弱っちい術なんか効きやしねえんだよ、半端モン！」

「……っ、くそが！」

三海はなんとか四木の刀を錫杖で防ぐ。空中でくりひろげられる戦い。防戦一方だがなんとか三海は張り合っていた。

俺はなんとか屋根の上に着地し、二人を見上げる。

「待ってろ三海、今行く！」

『……そう悠長なことはいってられんぞ』

こがねの声に足元を見る。そこには影の中から無数の手が伸びていた。

「はは……同時に相手してくれるなんて嬉しいこった」

影の手は俺たちを捕まえようと伸びてきた。アレに捕まったら確実にマズイ。影の中にひきずりこまれてゲームオーバーだ。三海が力尽きる前になんとかしないと——。

『真澄！　鞍馬に教わったことを試してみろ！』

「……ああ、なるほど。そういうことか」

屋根伝いに逃げていた俺は足を止め、追っ手を視《み》る。

アレはヤツの術。彼本体でなければ放出されている妖力は微弱に見える。もしかしたらイケるかもしれない。

「ははっ、やってやろうじゃん。練習台だ！」

迫り来る影の手を、俺は拳で受け流す。

触れる度に不思議な力が体に注がれるのを感じた。決して綺麗なものではない。汚れた力に体がわずかに重なる。

『……だが、邪気は其方には効かない。こちらを舐《な》めてくる相手をぎゃふんと言わせてやれっ！』

目を凝らすと、影の中に一本の太い糸が見えた。

「あれが、大本か！」

俺はまよわず影の中に手を突っ込み、太い糸を思いっきり引き抜いた。すると広がっていた影が吸い寄せられるように、俺のもとへ集まってくる。

「──あ？」

ようやく異変に気付いた四木が俺を見た。

「なんだ、あのガキ。俺の影になにしやがった」

「ははっ！　今頃気付いたか。ウチの期待の新人だ！」

驚く四木を見て三海は苦しまぎれにげらげらと笑う。

「四木さんよぉ、オマエ散々余裕ぶっこいてたけど今までじいさんに殺されるのが怖くてガタガタ震えて隠れてたんじゃねえの？」

「──あ？」

三海が煽ると空気が冷えた。瞳孔の開いた四木が鋭く彼を睨んでいた。

「ろくに術も使えずに修行から逃げ、俺の後についてきたと思えば落月教にビビって逃げたテメエがよくいうぜ！」

「ああ、あの頃のオレは弱かったよ。だが、オレはもう逃げねえ。師匠の仇《かたき》を取って、オマエも止める。四木ィ!!」

「かかっ、やってみろよ！　全力でテメエをぶちのめしてやる！」

「――二重円展開！　固縛！」

三海が呪文を唱え、四木を拘束する。

「馬鹿の一つ覚えかよ！　んなもんすぐに――」

「忘れるなよ！　オレはもう一人じゃねえんだわ！」

そう叫んだ三海の背後から俺は飛び出した。

「よお、ようやく会えたな。三海の兄弟子サン」

俺の右腕には黒い影がまとわりついていた。

「あんたの力、そっくりそのまま返してやるよ」

「テメエ、オレの影を喰《く》いやがったな！」

青筋をたてた四木は三海の拘束を弾き飛ばし、俺のほうに一直線に向かってくる。

『――真澄、ぶちかましてやれ』

俺は拳を握る、すると背後に巨大な影の拳が現れた。

これは俺が奪った四木の力。俺は彼の妖力をそっくりそのまま相手に返す!

「くらえええええええっ!」

俺の動きに連動して、影の手が振り下ろされる。

「……っぐ!」

拳で打ち落とされた四木は地面にめり込む。

土煙があがる。衝撃で動けずにいる彼のもとに三海が降り立った。

「どうだよ、馬鹿にしてた虫けらに殴られる気分は」

「か、かかっ……やるじゃ、ねえか!」

「これは、師匠の分だ!」

三海は四木を見下ろしながら思いきりぶん殴った。

「……少しはマシになったじゃねえか、三海」

その一撃で四木の仮面が欠ける。僅かに覗いた目は嬉しそうに細められていた。

「四木、お前——」

四木と目があった瞬間、俺の中に映像が流れ込んできた。

所々すり切れた不鮮明なそれはきっと四木の記憶だ。

『今日から私の弟子になる子だ。兄弟子として面倒を見てやってくれ』

目の前に立つのは幼い少年。衣服はボロボロで背中の羽も傷だらけだった。

『ようやく下っ端ができたってわけか。おい、ガキ。俺の使いっ走りにしてやるからな、覚悟しとけ』

少年は反抗せず小さく頷いた。それから彼は後ろをついてまわるようになった。いつでもどこでも四木、四木と追い回しなんだって真似《まね》をされた。

純粋なあやかしとは違い、力も他より格段に劣る。だが、稽古で何度投げ飛ばされても彼はめげなかった。

『四木、オレ絶対オマエに勝つからな！』

少年はいつの間にか生意気な口を利くようになっていた。誰に似たのやら。

『俺は山を下りる。あんなジジイとはもうやっていけねえよ』

あるとき、青年は師と仲違《なかたが》いをした。不満は爆発し、ついに山を下りることにしたのだ。

だが、やっぱりあの少年はついてきた。

『四木、オレも行くよ。オマエ一人じゃ寂しいだろ？　だってオレはアンタの弟だからな』

『はっ、いっちょまえなことというじゃねえかよ。半端モン』

雨が降る夜、二人は笑って山を下りた。隣を歩く彼を見て、なんとなく嬉しいと思っていたのだ。

「――忘れかけてた他人《ひと》の記憶を勝手に覗くんじゃねえよ、気持ち悪いな」

呆れたような四木の声に意識が戻る。仮面からのぞく青い瞳。彼を覆う真っ黒な影の奥底に、ほんの小さな光が生まれたような気がした。

「なにを、している」

凛《りん》とした声が響いた。

いつの間にか目の前に男が立っていた。

「……お前は」

「久しいな、偃月院の犬ども」

武士の出《い》で立《た》ち。腰に差した長い刀。いつか雷門で会った夜叉丸《やしゃまる》という妖魔だ。

「集会に来ないと思い来てみれば……なにを遊んでいるんだ」

「夜叉丸のダンナ……いや、悪いね。ついついはしゃぎすぎて動けなくなっちまった」

「今日はここでお開きだ。引け、公安局。今はお前たちの相手をしている暇はない」

冷静に夜叉丸は俺たちを見据えた。

「はあ!? こんなところではいそうですかって引くわけねえだろ！」

三海が戦闘態勢に入りながら夜叉丸と四木を睨みつける。

「ここで二人とも捕らえれば俺たち大手柄だな」

俺もにやりと笑って拳を構えた。

「馬鹿と無謀は紙一重というやつか……」

はあ、と夜叉丸は溜息をついて腰の刀に手を当てる。空気がぴんと張りつめ、彼から殺気が放たれる。なんて圧だ。

「私に喧嘩を売ったこと後悔させてやろう」

戦闘が始まろうとした瞬間、なにかに気付いた夜叉丸が顔をあげた。

「――特務課、そこで何をしている」

無機質な声がして上を見ると、そこには編笠《あみがさ》を被った男たちが大量に立っていた。

彼らは朧衆《おぼろしゅう》。偃月院お抱えの対妖魔に特化した式神集団だ。

『しまった。さすがに騒ぎすぎたか』

こがねの声に意識をそがれ、視線をはずしたその一瞬。四木が起きあがり地面に手をついた。

「かかっ、今彼奴らに捕まるわけにはいかねぇな……」

「――っ！」

四木の足元に影が広がり、彼と夜叉丸はその中に沈んでいく。

「またやりあおうぜ、三海。半妖――本気で殺《や》りあうのが楽しみだ」

「おい待て！」

ここで逃がすわけにはいかない。俺は目をこらして四木が逃げた影の中を見た。

闇の奥になにかが見える。

これは大きな繭だろうか。周囲にはそれを守るように蜘蛛の巣が何重にも張り巡らされていた。

あの中に、なにかが眠っている。

（アレは――）

あの繭は孵《かえ》ってはいけない。

あの中を見ないと。少しずつピントを合わせ、繭を見つめる。少しずつその中が透けて見えてきた。長い足と、複数の目玉。そしてもう一つ見えるのは――。

『もどれ、真澄！』

こがねに首根っこを掴まれ、引き戻された。

「なにしてんだこのバカ！」

「……あ？」

目の前に広がる闇。俺は影に飛び込もうとしていたのだ。瞬《まばた》きを数度。影はみるみるなくなり、そこは元の地面に戻っていた。

『なにを見た！』

「あの影の中に、巨大な繭みたいなのが……」

顔をあげると俺たちは朧衆に囲まれていた。ヤツらは無言のままじりじりと距離をつめてくる。

「テメエらの敵は妖魔じゃねえのかよ」

ひしひしと感じる殺意に、三海が前に出た。

俺も戦おうとするが、変なモノを見たせいで目がチカチカして体に力が入らない。

「僕抜きでなあに楽しそうなことしちゃってるわけ？」

張りつめた空気を引き裂く陽気な声。

鉄パイプを肩に担いで九十九さんが颯爽《さっそう》と現れた。笑みを浮かべているが目は一切笑ってない。

「九十九さん……」

「君たちこんなところでなにやってんの？　死にたいの？　殺してあげようか？」

あ、完全に怒ってる。これはまずいと全員が顔を見合わせた。

「あ、相棒……これには深いわけが」

「言い訳も、謝罪も本部でじっくり聞くよ。鬼の角を生やした戸塚課長がお待ちだよ。どうなっても僕は知らないから」

九十九さんの笑顔に背筋が凍り付く。

ここにきた時点で覚悟はしていたはずだった。だけど、俺たちはその日はじめて命の危険というものを感じた。

＊　＊　＊

「この馬鹿者ども！　独断で妖魔を討伐しにいった挙げ句に取り逃がし、四木は行方を眩ましただと!?　大体、天狐まで憑いておってなにをしておるんだ!?」

特務課本部。俺と三海とこがねは鞍馬さんの前で三人揃って正座をしていた。

カンカンに怒っている。その隣に座っている戸塚さんも目が据わっていた。

「……全員始末書。今後一週間屋敷から一切出るな。一歩でも敷地の外に出たら問答無用で叩っ切る」

「ひっ……」

戸塚さんが腰の刀を抜き差ししている。凄い殺気だ。思わず三海とこがねと身を寄せ合い震えた。

下手な妖魔と対峙するよりもずっと恐ろしい。

「君らも馬鹿だよねえ？　鞍馬さんの仇討ちに直接殴り込みかけるなんて。おまけに夜叉丸もいたんでしょう!?　最高に楽しそうなこと、僕も交ぜてくれればよかったのにさあ！」

　背後では九十九さんが空気を読まずげらっげら笑っている。もしかして九十九さん、あの時止めに来たんじゃなくて交ざりにきたんじゃないだろうか。

「……全く、自分たちが何をしたのかわかっているのか」

　呆れたように鞍馬さんが頭を抱える。俺は正座したまま身を縮ませることしかできない。

「少年……」

「は、はい」

「なにか、視たのか」

　鞍馬さんの目が俺を射貫《いぬ》く。そして俺の瞳を指さした。

「千里眼、開きっぱなしだぞ」

「あ、ああ……」

　実はあの戦闘から千里眼が上手く制御できていなかった。そのため俺の瞳はずっと金色に輝いたままになっている。

　鞍馬さんの周りだけじゃない、至るところから色々な情報が集まりすぎて正直目を開けているだけでもしんどかった。

「どれ、こちらにこい」

いわれるがままに近づくと、鞍馬さんは俺の額に指をあてとん、と叩いた。

「……あれ」

瞬《まばた》きをすると、いつもの景色に戻っている。慌てて鏡を確認してみると、目の輝きが消えていた。

「戦闘で気を張りすぎていたんだろう。その力の制御は今後黄金に教わっていけ。其方もあまり宿主に無茶をさせぬように」

『……わかった』

鞍馬さんは次に三海を見据えた。

「この馬鹿弟子め。なにを考えているんだ」

「……師匠がやられたら、仇取りに行くのが弟子の務めだろ」

悔しげに肩を落とす三海。

「オレ一人じゃ勝てなかったけど……いや、いつか必ずオレは四木よりも強く――」

「たわけ」

鞍馬さんは思いきり三海の額をデコピンした。その衝撃で三海は仰け反る。

「馬鹿者。焦るな。お主がどんな劣等感を抱いていようと……お主は儂の自慢の弟子だよ、三海。烏天狗であることに、誇りを持て」

寂しそうに笑う鞍馬さんに三海は瞬きをした。

「儂は十年前、わざと四木を殺さなかった。否、殺せなかった。幾ら仲違いしようとも奴は私の可愛い弟子だ。親が子を殺すなんてやはりできなかった」

鞍馬さんは悔しそうに拳を握った。やっぱり彼はわざと四木を見逃したんだ。

「だから、四木を止めるのはお主の役目だ、三海」

「俺が、四木を？」

「ああ。四木は妖魔に堕ちてしまった。だが、お前はそうならなかった。その時点でお前は彼奴よりも強い。だから、胸を張れ。お前なら必ず四木に勝てる」

「……うす」

それまでぎすぎすしていた二人の空気がどことなく緩んだ。

穏やかに言葉を交わしあう二人は父子のように見えた。

久々の師弟水入らずの時間を邪魔してはいけないと、俺たちは気付かれないように部屋を出た。

＊　＊　＊

数日後の夜、俺は始末書を持って戸塚さんの部屋の前に立っていた。

「戸塚さん、西渕です」

「入れ」

恐る恐る部屋に入ると、戸塚さんはまだスーツ姿で一人パソコンと向き合っていた。

「あの……これ、始末書です」

「ああ、お疲れ」

戸塚さんは報告書を受け取ってくれたものの、部屋の空気はとても重苦しかった。

「あ、あのっ……今回は本当に迷惑かけてすみませんでした」

俺は戸塚さんと向かい合って深々と土下座をした。

今回の軽率な行動で戸塚さんもかなり上から絞られたそうだ。俺たち以上に何枚もの始末書を書いていると九十九さんが怒っていた。でも戸塚さんはそのことを決して俺たちには話さない。この人はそういう人だ。

「もういい。過ぎたことを何度も蒸し返しても意味がないだろう。それに、西渕たちなら止めても動くと思っていた。反省しているなら、それでいいさ」

先日散々怒ったしな、と戸塚さんは苦笑を浮かべた。

「一つ聞いておきたいことがあった。君は先日千里眼が暴走しかけるほどなにを見ていたんだ」

「四木の影の中に繭が見えたんです」

「繭？」

怪訝《けげん》な顔をする戸塚さんに恐る恐る頷いてみせる。

「はい。蜘蛛の巣が張り巡らされた奥に大きな繭があって、その中で巨大な生き物が眠っているのが見えました。それがなにかはわかりません」

「……このタイミングで四木が現れ、落月教幹部が動き出したということは、なにか起こるかもしれないな。警戒するよう上に伝えておこう」

戸塚さんは慌てたように眼鏡の位置を直し、パソコンに向かった。

「あの、じゃあ俺はこれで……」

今のうちに部屋を出ようと体の向きを変えた瞬間、戸塚さんに呼び止められた。

「ちょっと待て」

一体なんだろうと思っていると、戸塚さんは机の引き出しからなにかを取り出した。

「このゴタゴタですっかり渡しそびれていた」

差し出されたのは小さな箱。中には金色に輝くバッジが入っていた。三日月の下に金斗雲が連なった見覚えのある紋様が刻まれたこれは――。

「これ……」

「幽世公安局のバッジだ。本来は入局式のときに渡されるものだったが……九十九が邪魔したようで、すまなかったな」

「いや、あの人の話長かったんで丁度良かったです」

ははは、と戸塚さんが肩を竦めた。

「でも、あの偉そうな人にもらうなら戸塚さんにもらえたほうが嬉しいです」

「はっ、随分と好かれたものだ。それならもう、迷惑をかけるのはやめてくれよ」

「すんません、以後気をつけます」

「どれ……じゃあ俺がつけてやろうか」

戸塚さんは微笑みながら箱からバッジを取り出した。彼がこんなことをするなんて珍しい。ふと視線を動かすと、パソコンの傍には缶ビールが置かれていた。

「もしかして戸塚さん、酔ってます？」

「少し。そこまで酒に強いわけじゃない。ただ、今日は飲みたい気分だった」

戸塚さんの手で俺の襟にバッジがつけられた。襟元で金色に光り輝くそれを見ると身が引きしまる。

「拾い上げた部下が人様に認められ、こうして心強い仲間になるというのは嬉しいものだな。責任者としては今回の軽率な行動は怒らなければいけないが、俺個人としてはよくやったと思っているよ」

頰を綻ばす戸塚さんに俺は目を丸くした。この人、こんな風に笑うこともあったのか。

「本当に酔ってますね」

「酔ってるといってるだろう」

「いや、だって顔色とか変わってないから……」

「西渕、たまには一緒に飲むか？」

「いいっすけど、仕事はいいんですか？」

「いいさ。明日は休みだ」

そうして俺たちは戸塚さんの部屋で一緒に飲むことにした。

「西渕、改めてよろしく。頼りにしているぞ」

「うっす。こちらこそ、よろしくお願いします」

少し温《ぬる》い缶ビールで乾杯する。

戸塚さんには今までお世話になった。そしてこれからは少しでも彼の役に立ちたいと思う。だって俺は幽世公安局の一員になったんだから。

第弐話　鼠小僧大騒動

「――始め」

かけ声と同時に三海《みうみ》の手が振り下ろされた。

ぴんと張り詰めた中庭の空気。深呼吸をして、対峙している鞍馬《くらま》さんを見据えた。

「開眼」

俺が千里眼を開くと同時に鞍馬さんが動いた。

時間がゆっくりと流れる世界で相手がこれから辿る軌跡が光って見える。

真剣が抜かれ、その切っ先が俺の首に触れ――一本。見えた未来にならないように、俺は思い切って鞍馬さんの間合いに飛び込むことにした。

「……っぐ!」

だが、その動きは読まれていた。

腹を足で蹴られ息が詰まった。俺が怯《ひる》んだ隙に鞍馬さんはとどめを刺そうと鋭い突きで攻撃を仕掛けてくる。

負けてたまるか。俺は身を仰け反らせ、すんでのところで攻撃を躱《かわ》す。

俺の毛先を掠《かす》めた刃には鞍馬さんの清らかな妖力が白く渦巻いていた。

動きが変われば未来も変わる。

俺は突き出された刀の柄《つか》を掴み、刀に纏わり付いた妖力を吸い取った。それは俺の手を伝って体の中に流れ込んでくる。

一度距離を取って拳を握ると、こがねと鞍馬さん、二人の妖気が拳の周りを大きく渦巻いていた。

「いきます」

妖気で強化された拳は武器でもあり防具にもなる。

俺の脳天目がけ振り下ろされた刀を両腕をクロスして受け止め、膝を使って押し出す。鞍馬さんが後ろに体勢を崩した一瞬の隙を見逃さず、俺は彼の顔面目がけて思い切り拳を突きだした。

「そこまでだ」

三海の制止で互いに動きを止めた。

息を整え、状況を確認する。

鞍馬さんの刀は下ろされていて、俺の拳は彼の眉間に当たる寸前で止まっていた。

と、いうことは、だ。

「上出来だ、少年。よくやった」

「……いやったあああっ！」

『やったな、真澄《ますみ》！』

あまりの嬉しさに拳を突き上げ、姿を現したこがねとハイタッチした。

妖魔《ようま》・四木《しき》との戦闘から一週間。鞍馬さんは傷の治療のため暫《しばら》く特務課に滞在していた。その間、口頭で稽古をつけてもらいつつ彼の傷が癒えた今日、久々に行われた手合わせ稽古。

厳しい指導のお陰か、体が思い通りに動くようになっていた。ずっと敵わなかった相手から一本取れて正直舞い上がっている。

「飲み込みが早い。たった二週間ほどでここまで成長するとは思わなかった」

「いやあ……そんな褒められると照れちゃいますね」

にやけながら頭を掻いていると後ろから三海にチョップされた。

「まぐれだまぐれ。この一週間ずっと寝てたからジジイの体が鈍《なま》ってんだよ。じゃなきゃマスミが一本取れるはずがねえ」

「儂から一本も取れていない馬鹿弟子の負け惜しみなど気にすることはないぞ、少年」

「なんだと!?　今から息の根止めてやろうか！」

「貴様など指一本で十分だ。目を瞑《つぶ》ってでも勝てるわ、馬鹿弟子め！」

「おうおう上等だ！　やってやろうじゃねえか、クソジジイ！」

煽り耐性ゼロの三海は鞍馬さんの挑発に易々と乗せられる。

「あー、三海。やめておいたほうが」

『私は知らぬぞ』

俺たちの制止も聞かず、三海は袖をまくって鞍馬さんに向かっていった。

——が、結果はいわずもがな。三海は数秒後には地面に突っ伏していた。

「かかかっ！　三海、貴様が儂に勝とうなど百万年早いわ！」

「……覚えとけよ、このクソジジィ」

自分が鞍馬さんに遊ばれていることに気付けばいいのに。まあ、鞍馬さんはそれを楽しんでいるんだろうけど。

「さて、傷も癒え、少年の成長も見届けた。儂はそろそろ京へ戻ろうと思う」

『なんだ。もう行ってしまうのか』

「うむ。怪我のせいで新人研修も遅れてしまっているからな。少年の頑張りには感銘を受けた。儂も生まれ変わった気持ちで、ヒトの子たちに指導していこう」

「は、はは……」

鞍馬さんのお面が心なしか輝いているようにみえる。

俺が焚《た》き付けたせいで今年の新人研修は波乱の幕開けになりそうだ。同期に恨まれないことを祈ろう。

「たーだいまー」

門から明るい声が聞こえてきた。九十九《つくも》さんとしろがねが見回りから帰ってきた。

「おかえり。九十九さん、しろがね」

『首尾はどうだ？』

俺とこがねの問いかけに九十九組は顔を見合わせてにやりと笑う。

「僕たち面白いモノ見つけちゃったんだよね～」

「面白いもの？」

これ、としろがねが風呂敷包みを差し出した。

「陸番街に落ちてたんだよ。絶対持って帰ったほうがいいって恭助と話してね」

みんなで縁側に集まって、風呂敷を開く。

「――これ」

スマホにスマートウォッチ、指輪にイヤリング――そこに入っていたのは明らかに現世《うつしよ》で人間が使っているモノだった。

「これ……現世のもの、だよな？」

『何故こんなものが幽世《かくりよ》に？』

「そう。不思議でしょ？　見回りしてたらその周辺にいたあやかしたちがみんな同じようなモノ持ってたんだよ」

九十九さんがそれはそれは楽しそうに話す。

「これってよくマスミや戸塚の旦那が使ってるヤツだよな」

「このような板きれどのように使うのだ……」

烏天狗の師弟コンビは勝手にスマホを手に取って色々と弄《いじ》っている。

「……で、なんであやかしがそんなもの持ってたんですか？」

「貰ったんだってさ」

しろがねが答えながら呆れたように三海と鞍馬さんからスマホを取り返す。

『貰ったって、一体誰に？』

「鼠小僧《ねずみこぞう》」

「……ねずみこぞう？」

全員が同時に首を傾げた。

その瞬間、廊下の突き当たりの障子が開きヒバナさんが飛び出してくる。

「みんな大変よ！」

「どうしたんですか!?」

「妖魔か！」

戦闘要員の俺たちは一斉に臨戦態勢に入る。

でも、本部から妖魔出現を教える鈴の音は聞こえてこない。大体、妖魔が出たくらいでヒバナさんはこんなに慌てたりしない。

「今、稔《みのる》から連絡があって……現世で盗まれたものが幽世に渡ってるって情報が――」

ヒバナさんの言葉は最後まで続かなかった。

その視線の先には俺たちが持っているスマホ。ヒバナさんは口をあんぐりと開けながら、それを指さす。

「もしかして」

「これ……？」

九十九さんとしろがねが風呂敷包みを指さした。

「おそらく、それですね」

ヒバナさんの後から出てきた百目鬼《とどめき》ちゃんがこくりと頷いた。

＊　＊　＊

「まさか、九十九たちが既に回収していたとは驚いた。よくやってくれた」

「でしょう！　稔さん、もっと褒めてくれてもいいんですよ～！　ほら、焼き肉とか奢《おご》ってくださいよ」

「断る。君を連れて行ったら金が幾らあっても足りない」

戸塚《とつか》さんが現世から帰ってきて緊急会議が開かれた。

戸塚さんに褒められた九十九さんは顔を輝かせて彼の周りをうろついている。まるで大型犬みたいだ。

せわしない九十九さんを止めるようにこがねが態《わざ》とらしく咳払いをした。

『で、現世で一体なにが起きたんだ』

「俺も今し方知らされたところだが、現世で窃盗事件が頻発していたらしい。この二週間で被害は二十件にも及ぶ」

「で、その盗品が九十九さんたちが持ってきたこれってことですか？」

俺は座卓の上を指さす。そこには九十九さんたちが肆番街で拾ってきた現世の品々がずらりと並んでいた。

「でも現世で盗まれたものがなんでこっちにあるわけ？　金に困ってるなら、現世で売ったほうが手っ取り早いのに」

「……犯人が間違って幽世に落っことしちゃったとか？」

九十九さんとしろがねの推理を皮切りにみんなで色々と話し込んでいると、戸塚さんが机の上に書類を並べた。

「これが本部からもらってきた資料だ」

その資料には犯行がなされた場所の地図と盗まれた品の名が書き出されていた。

「川沿いの地区の被害が多いね」

九十九さんの言うとおり、荒川沿いの墨田区、荒川区などの地域に集中して盗みが行われているようだ。

「盗犯は基本的に夜間に行われている。住人の就寝中を狙っているらしいが、一件の目撃証言もなければ犯人に繋がるような指紋一つ見つからない。おまけに一夜にその地区周辺を何軒も回っているらしい」

「普通スマホとかって枕元に置いて寝ますよね。バレないことなんてありえます？」

俺の意見に人間組……戸塚さんと九十九さんは即頷いた。

「有り得ない。誰かが枕元に近づけば普通は起きる」

「気配感じた瞬間に飛び起きるでしょ。やられる前にやらないと」

「真澄。稔と恭助《きょうすけ》をヒトの子代表の意見と真に受けていいのかしら？」

ヒバナさんに意見を求められ、俺は全力で首を横に振った。

「この二人ほどじゃないですけど、人間だって傍に寄られたら気配くらい感じるとは思いますよ。幽霊とかなら話は別ですけど……」

まさか、と恐る恐る戸塚さんを見ると彼は眼鏡を光らせた。

「ただの人間の犯行なら、俺がわざわざ公安局から資料をもらってくると思うか？」

「まさか、犯人はあやかしだっていうの？」

全員が息をのんだ。すると戸塚さんは会議に飛び入りで参加していた鞍馬さんに視線を移す。

「鞍馬殿、恐らく偃月院《えんげついん》でも議題にあがったかと思いますが……」

「うむ。近頃、現世にあやかしが出入りしているそうだ」

『妖魔か』

こがねの問いに、鞍馬さんは否と首を横に振る。

「どうやら、現世にはぐれがいるそうだ」

「はぐれ？」

聞き慣れない言葉に俺は首を傾げた。鞍馬さんは説明を面倒がり、押しつけるように戸塚さんに視線を送る。

「この世を生きるあやかしたちは我々人間と同じように、偃月院のもとで管理されている。その一方で偃月院からも、そして公安局からも感知できていない身元不明のあやかしを〝はぐれ〟と呼んでいる」

「僕らで例えるなら、無戸籍状態の人間ってことだね」

「つまり、まだ存在を認められてないってことですか」

九十九さんと戸塚さんが頷いた。

「……って、現世にもあやかしがいるんですか？」

「俺たちが幽世で暮らしているように、現世で暮らすあやかしも少数だが存在している。偃月院と公安局に然るべき届けを出せば大丈夫だ。まあ……少々監視が厳しいなど拘束がきついところがあるが、その分現世に暮らすあやかしは比較的穏健派でまず悪事は働かない」

俺たちが暮らしている世界に住んでいるあやかしもいただなんて意外だ。

「どんなあやかしたちが現世で暮らしてるんですか？」

「殆どは現世に暮らす動物のまとめ役ね。後は、人間に恋をして共存を選んだ子とか……ああ、行き場をなくして彷徨《さまよ》う霊たちのために都内の廃墟《はいきょ》で居場所を提供している大物もいたりするわね」

「ちゃんと現世に貢献しているあやかしもいるんですね」

ヒバナさんの話に感心していると、戸塚さんが口を開いた。

「話を戻すが、公安局本部はこのはぐれが窃盗事件に関わっているとみて捜査をしている」

「そのはぐれ本当に犯人なのか？　人に悪さをするような者であれば既に偃月院が動いておるはずだが」

鞍馬さんが怪訝そうに腕をくんでいる。

「恐らく幽世で察知できるほどの妖気反応ではないのでしょう。本部の索敵班の報告によるとそのはぐれの妖気反応は窃盗事件がなければ感知できなかったほど微弱だったそうです」

「じゃあ、ものっすごく弱い小物ってこと？」

「だったらなんでさっさと捕らえないんだ」

三海の言葉はもっともだ。妖気であやかしの場所が探知できるのであれば、犯行の瞬間に取り押さえればいいのではないか。

「それが、見つからないらしい」

「……見つからない？」

「現場に行っても、妖気の反応が微弱にあったとしても、犯人の姿が見当たらないそうだ」

「おかしな妖術でもつかっているのかしら」

みんなが考え込む中、百目鬼ちゃんが手を挙げた。

「先程、白銀様が鼠小僧と仰《おつしや》っていましたが」

「あ、うん。この盗品を持っていた陸番街の住人が『鼠小僧が復活した』って騒いでいたんだよ」

百目鬼ちゃんの言葉に思い出したように白銀が話す。

「陸番街は貧困街。そこを中心に盗品がばら撒《ま》かれてるらしいよ」

「現世の品物はこっちでは裏でかなり高く取引されているんでしょう？　だから現世

から弱い者に宝を運んでくれる鼠小僧だって……陸番街の住人が神のようだって称《たた》えてたよ」

しろがねと九十九さんの証言に戸塚さんが眉間に手を当てる。

鼠小僧といえば江戸時代にいたという大泥棒だ。金持ちから宝を奪い、貧しい人にわけ与える義賊。その復活となれば盛り上がるのも頷ける。

百目鬼ちゃんは妙に納得したように視線を再び資料に落とした。

「だったらお金持ちの家から大量の財宝を一度に盗めばいいのでは？　この資料だと、盗んでいるのは一軒につき一つの金品。それも一晩の内に幾つもの場所に侵入するのは見つかる危険も高く、非合理的です」

あたしならそんなことはしません、と百目鬼ちゃんはきっぱりといいきった。

いわれてみればその通りだ。空き巣被害にあった家は、豪邸、アパート、一軒家など関係もなさそうにみえる。

『まるで色んな人間の所有物を集めているみたいだな』

「犯人は熱狂的な現世の物品コレクターとでも？　これだけ色んな人間にばら撒いてるのに？」

百目鬼ちゃんを挟んで座るしろがねとこがねは互いに顔を見合わせてうーんと首を傾げた。

「とにかくだ、たとえ義賊だとしても盗人《ぬすびと》であることには違いない。これ以上現世に被害が及ぶ前に、特務課でその尻尾をつかむ」

　戸塚さんが眼鏡の位置を直した。

　おお、なんだか刑事ドラマを見ているようだ。

『……しかし、幽世に暮らす私たちがどうやって現世にいるはぐれを探すのだ。それこそ公安局本部の出番なのではないか？』

「まあ……現に本部の捜査員も動いてはいるんだがな。適任がいると思ったんだよ」

「適任？」

　すると戸塚さんは不敵に笑い、もう一枚資料を出した。

「捜査によるとここ数日、窃盗犯は北区王子を中心に犯行を続けているそうだ」

「王子……って」

　聞き慣れた地名に反応する。そこは俺が現世で住んでいた場所じゃないか。

　地図には王子駅周辺に犯行場所のマークが印《しる》されていた。

「めっちゃくちゃ俺んちの近所なんですけど……」

　といっても、元だけど。そういえばそこに今は一人で住んでる弟は元気にしているだろうか……なんて考えていると目の前から視線が突き刺さっていた。

「え？」

顔をあげると戸塚さんがなにか言いたげに俺を見ている。なんだか嫌な予感がする。

「というわけで西渕《にしぶち》、出張だ」

「……は？」

「現世に出向いて盗人のはぐれを捕まえてきてくれ」

「え？　俺？　なんで？」

俺は戸惑いながら自分を指さす。なにも俺じゃなくても適任は他にいるだろう。

「俺は特務課の責任者だから行けない。九十九は論外だ」

「えー……戸塚さん酷くない？　僕だって久々に現世行きたかったのに」

「君が行ったら逆に現世が危険だ」

九十九さんが悔しそうに唇をとがらせる。確かに彼を現世に解き放ったら色々とヤバそうだ。

「あやかし組は現世には行けない。ということで残るは君だよ、西渕」

戸塚さんは見たことないくらいのいい笑顔を俺に向けた。

「近くに住んでたなら丁度いいな。がんばれよ、マスミ」

三海が肩を叩いて出て行った。

「お土産よろしく頼むわね」

ヒバナさんが去り際に俺の頭を撫《な》でていった。

「黄金に怪我させたら呪うからね」

俺を睨んでしろがねが部屋を出ていく。

「妖魔でなければあたしの出る幕ではなさそうですね。健闘を祈ります」

話がまとまり、最後に百目鬼ちゃんが退室した。あれだけ賑やかだった会議室は一気に寂しくなってしまった。

「くっ、精々励め少年。儂も一緒にたつとしよう」

同情するように鞍馬さんに肩を叩かれた。

「頼りにされるということは、それだけお主の力を認められるということだ。誇りに思え」

「は、はい……」

「それに、お主は自分が思っている以上に有名だぞ？　存分に励め、西渕少年」

鞍馬さんはそのまま部屋の外に向かったが、思い出したように振り返った。

「そうじゃった。戸塚、其方に一つ伝え忘れていたことがあった」

「なんでしょう」

「先の偃月院の会議で話が出たのだが、落月教《らくげつきょう》がなにやら怪しい動きをしておるようだ。先日の四木の動きも怪しい、気をつけろ」

「心してかかります」

戸塚さんが頭を下げると、今度こそ鞍馬さんは姿を消した。

襖を閉めると大きな羽音がした。きっと飛び去って行ったのだろう。

「俺が見たあの繭となにか関係があるんでしょうか」

目を閉じ、あの時見た光景を思い出す。いい知れぬ不安がじわりと胸に広がった。

「今不安になったところでどうしようもない。なにか起きたら対処すればいい、そのために俺たちはいる。君はまず、目の前のことをこなしていけ」

「はい」

戸塚さんの言葉に背筋を正した。俺がまずやるべきことは、謎の鼠小僧の尻尾を現世でつかむことだ。

「捕まえるってことは、現世でしばらく張り込むってことですよね」

「そうだな。こちらの守りは任せてくれ。君の穴は俺たちでカバーする」

『現世で寝泊まりする日が来るなんて……楽しみだ！』

こがねに至っては完全に浮かれている。旅行じゃないんだから。

「……わかりました。犯人捕まえに行ってきます！」

ええい。もうこうなったらとことんやってやろうじゃないか。

＊　＊　＊

「──で、突然なにしに帰ってきたの。仕事クビになった？」

「だーかーらー、その仕事をしにきたって何回もいってるだろ！」

俺は今現世にいる。もっと正確にいうと東京都北区は王子駅近くの焼き肉チェーン店に。

七輪を挟んだ向かいに座る仏頂面のイケメンは俺の弟、西渕真咲《まさき》。これでも現役の東大生。滅茶苦茶無愛想だが、俺にとっては自慢の可愛い弟だ。

「突然帰ってきたと思ったら、突然泊まらせろとか。俺にも予定があるんだけど」

「でも、大学終わりに直行してくれたってことは大した予定でもなかったんだろ？兄ちゃんに会いたかったたって素直にいえばいいのに」

「……うっざ」

真咲は舌打ちしながらタン塩を頰張った。

テーブルの上にはタンやカルビや美味しそうな肉がずらりと並んでいる。こうして現世の飲食店で食事をするのもとても久しぶりな気がした。

「今日は俺の奢りだからな。好きなだけ食べろよ」

「好きなだけって……食べ放題なんだけど」

呆れたように溜息をつきながら真咲は俺の皿に焼けたカルビを乗せて、またタンを口に運んだ。

「いやあ……やっぱりこっちのメシは美味《うま》いな。皇帝ハラミ頼んでいいか？」

「じゃあついでに冷麺も頼んで」

タッチパネルで注文しながら久々に兄弟水入らずの時間を過ごす。

「つか、普段なに食べてんの。寮でご飯とかでるの？」

「んー……ほぼ自炊かな。後は飲みに行った誰かのお土産とか一緒に食べたり」

「ふぅん……職場の人と仲良いんだね」

「まあな。アットホームすぎる職場だよ」

「なんか公務員ぽくないね」

カルビの最後の一切れを食べた真咲は、ちらりと俺の隣に視線を移す。

「──で、食べ放題頼んだの二人分じゃなかったっけ」

「…………あ、やっぱわかります？」

俺の隣に座るのは少女の姿に化けたこがね。この現代に珍しい和装の出で立ち。おまけに目立つ狐耳と尻尾を揺らし、よだれを垂らしながら目の前の肉を見つめている。

『のう、真澄。これは幾ら食べてもいいものなのか』

「……どう、思うよ」

一応向かいに座る弟に視線を送る。

周りの客は誰もこがねの姿が見えていない。だが、弟は霊感がありこの世のものではないあやかしも普通に見ることができる。そして詳しい事情までは教えていないが、こがねが俺に取り憑いていることは知っていた。

見えもしない人物の分の料金を払えるものなのか見当もつかず、どうするべきか俺は迷っていた。

「知らないよそんなの。俺にふらないで」

「ば、バレないように俺のをちょっとずつだぞ」

そっと自分の箸をこがねに渡す。こうなったらなにか理由をつけて多めにお金払うしかないだろう。

『いただきます！』

こがねは肉やらビビンバを美味しそうに頬張っている。その目はきらきらと輝いていた。

『美味い！　これが現世の食事……人間の食に対する探究心、恐れ入った！』

「気に入ってくれたならよかったよ」

無我夢中で食べているこがねを見ていると、スマホが鳴った。

それはニュースの通知で『都内で失踪者三名』との文字が表示されていた。

「行方不明事件？」

「ああ……なんか最近ニュースになってるよね。都内に住む学生が何人か行方不明になってるらしいよ」

「へえ、こっちも物騒なんだな」

「というか、警察なのに知らないの？」

じとりと視線を送られて視線が凍る。一応家族には警察勤めということになっているが、公安局は警察とは全く関係のない仕事をしている。

一応これでも秘密結社。家族にも公安局勤務は秘密なのだけれど……目の前の勘の鋭い弟は時々怖いくらいに嫌なところをついてくる。

「いやぁ……最近忙しくてニュースなんて見る暇なくてさ。ほ、ほら部署も違うし」

「……まあいいよ。そういうことにしておいてあげる。こっちにいる間全部兄さんの奢りで」

「仰せの通りに、真咲様。食べたいもの決めておけよ」

「回らない寿司《すし》で」

「マジかよ。お手柔らかに頼むわ」

結局兄はいつも弟に敵わない。

といっても幽世にいる間は現金は殆ど使わないし、いくらか貯金もできてる。こういうときくらいしか兄らしいことをしてやれないから、なんとなく嬉しかった。

「兄さん。追加でタン塩とカルビ頼んで」

『真澄、私はすてえきというものが食べてみたいぞ！』

人の数倍は食べる真咲とがっついているこがね。結局食べ放題の制限時間を目一杯使い、俺たちは夕食を楽しんだ。

『美味かった……！　こんな美味いもの久々に食べた！』

「そうかいそうかい、それはよかったよ」

帰り道、真咲がコンビニに寄りたいというので俺たちは入り口で待っていた。

狐の姿に戻ったこがねが満足そうにお腹《なか》を撫でている。

なんて話をしていると扉から真咲が戻ってきた。

「ん」

差し出された袋の中には高級カップアイスが三つ入っていた。バニラとストロベリーと抹茶味だ。

「これ、焼き肉奢ってくれたお礼」

「サンキュー、有り難くいただくよ。しかし、なんで三つ？」

すると真咲はちらりと視線を横に動かす。

「……もう一人、いるだろ。イチゴのは俺のだから食べないでよ」

『真咲！　其方は愛い奴だな！』

感動したこがねは真咲にすり寄る。

「やめろ！　こんなところで、誰かに見られたらどうする！」

クソ生意気だが、こういうところがあるから本当に可愛いヤツなんだ。

そうしてコンビニ袋を手に提げながら、三人並んでアパートへ帰った。

エレベーターで四階に上がり、部屋につくと真咲が鍵を開けドアノブに手をかける。

「どうした？」

そのまま固まっている真咲に声をかけると、彼は訝《いぶか》しげにこちらを見た。

「……中から物音がするんだよ」

「マジで？」

いわれて扉に耳をあててみると確かにガサガサと物音がしている。

『盗人か？』

「いや……人の足音はしない。なんか低い位置で軽いものが動き回ってる」

「警察に通報したほうがいいよね」

「ちょっと待った」

スマホを取り出す弟を制し、俺はドアノブに手をかけながら千里眼を開いた。

部屋の中を透視するように全体を見回す。真っ暗な室内をドローンが移動するように視界が動いていく。

部屋は暗い。室内には服が散乱しているようにしか見えない。几帳面《きちょうめん》な真咲が服を脱ぎ散らかすはずがないから、侵入者がいるのは確かだ。さらに目をこらすと、部屋の奥で小さな光が動いているのが見えた。

ちょこまかと動くそれは我が物顔で室内を物色しているじゃないか。

「——侵入者がいる」

「まじかよ」

真咲に鍵を渡すように手を差し出した。鍵を受け取ると、相手に気付かれないようにゆっくりと扉を開ける。

「ねえ、自己判断しないで警察に電話した方が——」「しっ、静かに」

訝しむ弟に黙るように人差し指をたて、一緒に部屋の中に入りそっと扉を閉めた。

気配は殺している。足音一つ立てていない。それに侵入者がいるのはリビングの向こうにある真咲の寝室だ。このリビングへ続く扉を開けたら勝負だ。

『私が行く。扉を開けたらすぐに明かりをつけろ』

「わかった。行くぞ。いちにの」

さん、と。真咲を背に隠し、俺は一気に扉を開いてリビングの電気をつけた。

同時に奥の部屋から驚いたような物音がして、狐の姿になったこがねが奥の部屋に向かって駆け出していく。

『逃がすか！』

明かりが灯《とも》ったリビング。その奥の暗がりの部屋で獣同士が暴れ合う音がする。

『待たんか、この盗人め！』

侵入者もかなり抵抗しているらしい。こがねは必死に捕まえようと部屋の中を走り回っていた。

「俺の、部屋が……」

すぐ後ろで真咲の顔がみるみる青ざめていく。

あ、そういえばこいつ潔癖症だったっけ。

暫くすると物音が止《や》んだ。静まりかえった部屋の奥からこがねの声がする。

『見ろ、真澄！　捕まえたぞ！』

部屋に入ると、乱れたベッドの上でこがねが口になにかを咥《くわ》えていた。

……そう見ると完全に狩りをする狐だな。

『失敬な。私は高貴な妖狐《ようこ》だぞ』

心の声を聞かれていた。じとりと睨まれて、俺は咳払いでごまかした。

「なにしやがるテメェ！　離せ！」

こがねの口元から聞き慣れない声が聞こえた。

「……鼠？」

こがねに咥えられたまま暴れているのは手のひらサイズの小さな鼠だった。

動いて喋っているということは、恐らくただの鼠でなくてあやかしの類いだろう。

「こんなか弱い鼠を捕まえて喰おうなんて酷いヤツらだな！　これだから人間はクソなんだ！」

『黙らぬか、盗人め！』

鼠を咥えたこがねが頭をぶんぶんと振るうとそれはぎゃーぎゃーと騒ぎ出す。

「……まて、こがね。それが本当に犯人なのか」

『そうだろう。これは其方があらかじめ仕込んでおいた時計だろう』

こがねが咥えた鼠は胴になにかをつけていた。

実は俺は真咲と合流する前、一度部屋に立ち寄って部屋の真ん中にこれ見よがしにスマートウォッチを置いていたんだ。

鼠が持っていたのは確かに俺が仕掛けた物だった。ご丁寧にベルトを自分で締め、身軽にしている周到さ。これは明らかに手練《てだ》れの盗人に違いない。

「ここ最近現世で泥棒に入りまくってるはぐれはお前か」

「……っ、だったらなんだってんだ！　大切なものだったら持ち歩かない人間が悪いだろっ！」

はい、犯行を認めた。現行犯逮捕だ。

「そりゃあ鼠が犯人だったら警察は証拠押さえられるわけないよな。指紋がでるはずがないんだもの」

『まさか張り込み初日で犯人を引き当てるとは、さすがだぞ真澄』

「自称鼠小僧がまんまと俺の罠《わな》にハマってくれたお陰だな。やったぜ」

張り込み捜査は僅か一日とたたず終わりそうだ。

すぐに戸塚さんに連絡しようとスマホを取り出しつつ、真咲の部屋の電気をつけた。

「──あ」

「……っ」

俺は目の前の光景に唖然《あぜん》とし、背後で真咲が息をのんだ。

そこに広がっていたのは荒れ果てた部屋。これは鼠のせいというよりは、こがねがコイツを捕まえようとして走り回った結果だろう。

ベッドはぐちゃぐちゃ。机の上のものも散乱している。普段几帳面に整えている真咲の部屋からは想像できない汚さだ。

弟は大の綺麗好き。そして潔癖症。他人に部屋を汚されたら──おまけに寝床に鼠がいたとなればぶっ倒れるに違いない。

「あ、あの……真咲くん……？」

ぎこちなく後ろを向くと、リビングに呆然と立っている真咲は拳を握っていた。

「黙って聞いてれば……なに、兄さんは俺の家を囮にしたわけ？」

「いや、まあ……その空き巣の犯人を追って捕まえてこいっていわれて」

「それだけならまだしも、勝手に狐だの鼠だのわけわかんないものに部屋を荒らされて……これ、誰が片付けんだよ」

あ、ぶち切れてる。いや、こんな状況怒って当然だ。

「落ち着け、真咲。これには深い事情が……」

「全員今すぐこの部屋から出てけ！」

深夜のアパートに真咲の怒声が響き渡る。

弁明する間もなく、俺たちは真咲に首根っこを掴まれ部屋の外に放り出された。

「おい、真咲！　話を聞いてくれ！」

すぐさま勢いよく閉じられた扉に俺は縋《すが》り付く。

「兄さんに関わると碌《ろく》なことがない！　二度とくるな！　このクソ兄貴！」

「真咲！　元はといえばそこは俺の借りてた家だぞ！」

「うるさい！　今は俺の家だ！」

何度扉を叩いてもそれ以降真咲が応えることはなかった。

俺は扉にもたれ掛かり項垂《うなだ》れる。

真咲に嫌われた。この世の終わりだ。どうしてこんなことに。

『……その、すまなかった。つい、狐の血が騒いでしまって』

「いや……こがねは犯人を捕まえようとしただけだし……」

申し訳なさそうに俺の背中を摩るこがね。

「はっ、仲間割れするなんて情けねえ人間だな。んじゃ、オレ様はずらかるぜ」

ちらりと視線を移すと、鼠は抜き足差し足で逃げようとしていた。

「……逃がすわけねえだろこのクソ鼠」

「ぎゃっ！」

すぐに俺は鼠を鷲摑《わしづか》みにした。ぎりぎりと両手で握りしめながらそいつと顔を見合わせる。

「離せこの野郎！」

「お前のせいで可愛い弟に嫌われただろうが。どうしてくれんだよ、あ？」

『其方、怒るところがそこなのか。そういうところがウザがられるのではないか』

「俺にとっては重要なことだ！」

こがねは呆れてため息をつく。

『どうでもよいが……加減をせぬとその鼠、死ぬぞ？』

「……きゅう」

「――あ」

思い切り握ったせいか、鼠は気を失ってしまった。

鼠を握りしめながら立っていると、ふと扉が開いて真咲が顔を出した。

「真咲、許してくれたのか！」

「許すわけないだろ」

真咲は泊まり用に持ってきていた鞄《かばん》をこちらに投げつけると、再び扉を閉めた。今度はチェーンまでかけている音がする。どうやら本気のようだ。

無事空き巣の犯人は捕らえ任務は成功だったが、その代わり俺は弟の信用という大きな代償を払ってしまった。

＊　＊　＊

「捕まえろとはいったが、まさかこんなに簡単に見つけるとはな」

一時間後、信じられないスピードで幽世に帰還した俺たちに戸塚さんは唖然として視線を下ろした。

「これは公安局も偃月院も見つけられないわけね」

ヒバナさんも同様に下を見る。

「ったく、現世土産楽しみにしてたのによぉ」

下を睨みつけながら残念そうに頭を掻く三海。

「まさか、鼠が犯人だったとはね」

しろがねは呆れたように視線を落とした。

「やいやいやい！　なんだい大のあやかしがか弱い小動物を囲んで弱い者いじめか！」

みんなの視線の先では三海の術で拘束された鼠が暴れていた。

俺たちは彼を取り囲むように座って、頭を突き合わせながら緊急会議を開いていた。

「君が逃げだそうとしなければ拘束なんかしないのに」

「逃げ出すに決まってるだろ！　オレ様は危うくそこのクソガキに絞め殺されるところだったんだぞ！」

九十九さんの圧にも動じず、鼠は威勢良く俺を指さしながら騒いでいた。

「この品はお前が盗んだもので間違いないか」

戸塚さんが鼠の前に盗品が入った風呂敷を広げると、奴は誇らしげに腕を組んだ。

「あたぼうよ。全部オレ様が持ち出したものだ！」

「よくもまあ、その小さな体でこれだけ盗んだよね」

「ルールは一軒につき盗《と》るのは一つ。塵も積もればなんとやらだ。それがオレ様の盗人道よ！」

「だれも褒めてねぇっつの」

小さな額を軽くデコピンすると鼠はようやくマシンガントークを止めた。

「――で、君は一体何者なんだ」

鼠は額を摩りながら誇らしげに立ち上がり、戸塚さんを真っ直《ます》ぐに見据える。

「よくぞ聞いてくれた！　悪を挫《くじ》き善を助ける義賊。令和の鼠小僧とはオレ様のことよ！」

胸を張る鼠とは対照的に俺たちはみんな頭を抱えた。

「悪を挫きって……お前が盗みに入った家は全部善良な一般市民のだろ」

「なにいってんだ！　人間はいつもオレたち鼠を罠にかけて殺す！　盗むより命を奪うほうが大罪だろ！」

するとしろがねが溜息をついて鼠をみる。

「キミら鼠だって人間が大切に育てた農作物を勝手に食べるだろう。彼らも生きるために作ったものを勝手に奪われたら怒るでしょう」

「ちょっとわけ前を貰《もら》っただけだ。それで殺されるなんて堪《たま》ったもんじゃない」

まあどちらのいいぶんもわかるけれど、今本題はそういうことじゃない気がする。

「そもそも、あなたはいつから盗みを始めたんですか」

そうそう。本題はそっちだ。

百目鬼ちゃんがそう尋ねると、鼠はその場に胡座をかいてうーんと唸《うな》る。

「それがよく覚えてねえんだよ」

本気で考え込んでいる様子に俺たちは顔を見合わせた。

『覚えていない……と？』

「鼠取りにかかって死にかけてたんだ。それで死にたくねえって強く思っていたことまでは覚えてる。次目覚めたら、オレは死んでなかったし、ヒトの言葉を喋れるようにもなっていたんだ」

「成る程……後天的なあやかし、か」

「俺が人間から半妖になったみたいに、この鼠も動物からあやかしに変わったってことですか」

俺の問いに戸塚さんは頷いた。

「あやかしの成り立ちには幾つか種類があるんだよ」

そして戸塚さんは人差し指を立てた。

「一つ、元々あやかしという種族として生まれた者」

「はーい」

すると、こがね、しろがね、ヒバナさんが手を挙げた。

「彼らはあやかしの種族の中では高位の者たちだ。強い力をもっていることが多い」

そして次に中指が上がる。

「二つ、後天的にあやかしとなった者」

「おう」

今度は三海と百目鬼ちゃんが手を挙げた。

「彼らは特殊な事情で元の種族からあやかしという種族に生まれ変わる」

「そういえば、三海が元々カラスだったっていってましたね」

「その通り。三海のように死の淵《ふち》であやかしとして目覚める者、そして――」

「他者への強い恨みでこの世に縛られ、あやかしに変貌する者」

百目鬼ちゃんがぽつりと呟く。

「鼠小僧さんはその二つの狭間《はざま》なのではありませんか？」

「恐らくそうだろう。鼠取りの罠にかかり、まだ生きたいという強い思い、そして人に対する恨みが君をあやかしへと変貌させたのだろう」

戸塚さんの言葉に百目鬼ちゃんは僅かに顔を俯《うつむ》かせた。

「後天的なあやかしは特に妖魔へと堕ちやすい。名もなき鼠。その盗みの動機が人間への恨みからくるというのであれば、身のためだ。即刻やめろ」

真顔で諭す戸塚さんに鼠は僅かに身動《みじろ》いだ。

「お、脅しでオレ様を止めようなんてそうはいかねえぞ！」

「脅しではない。今なら盗品を引き渡せば観察処分で見逃してやるといっているんだ。これ以外にも盗んだものはまだ隠しているんだろう」

「……もしその妖魔ってモンになったらオレ様はどうなるんだ？」

眉一つ動かさず淡々と話す戸塚さんに鼠が徐々にたじろぎはじめた。

「今はこうして話し合いの場を設けてはいるが、君が妖魔になったというのであれば我々は問答無用で君を処分する」

眼鏡の向こう、細められた目には僅かに殺気が滲んでいた。

容赦のない死刑宣告に鼠は言葉を失う。ようやく自分の状況が理解できたようで、萎縮したように身を縮ませた。

「そんなの、あんまりだ……せっかく生き返ったのに」

「だから盗みをやめさえすればいいといっている。まあ、しばらく監視対象にはなるだろうがな」

沈黙が続き、やがて鼠は納得したように深く深呼吸をした。

「わかったよ。オレ様だって命は惜しい。アンタの指示に従おう」

耳を下げながら鼠は語りかけるように戸塚さんの傍に歩み寄っていく。

「だから頼む。どうかこの縄を解いてくれねえか!?　オレ様の命はアンタらに預けるからよぉ！」

「……旦那、どうするんだ？」

三海が戸塚さんに意見を伺う。彼は暫く悩んだあと、外してやれと頷いた。

「──解」

そして三海が術を解くと、鼠を拘束していた光の輪が外れた。

「ありがてえ！　アンタらはオレ様の命の恩人だ！」

鼠は戸塚さんに向かって大げさに土下座している。あまりにも白々しい。

「──んなわけあるかよ！」

『逃げたぞ！』

俺の予感は正しかった。鼠は隙を突いて障子を突き破り本部を出て行った。

慌てて跡を追うが、小さい上に逃げ足が速く捕まえられない。

「オレ様にはやらなきゃいけないことがあるんだ！　こんなところで捕まってられるかよ！　あばよ！」

「戻って下さい！　なにかあったら引き返せなくなりますよ！」

部屋から慌てて出てきた百目鬼ちゃんが鼠に大声で呼びかける。彼女がこんなに取り乱すことなんて滅多にない。

「忠告ありがとうな嬢ちゃん！　オレ様は大丈夫だからよ！」

そうして鼠は軽口を叩きながらも、姿を消した。

「開眼――」「西渕、追わなくていい」

千里眼を使って鼠を追おうとすると戸塚さんに制止された。

「稔さん、よかったわけ？　あの鼠逃がしても」

そうだ。あの戸塚さんが犯人をやすやすと逃がすはずがない。

すると戸塚さんは怪訝そうな表情を浮かべ、鼠が走り去ったほうを見つめた。

「あの鼠『呪《しゅ》』がかけられていた」

「シュ？」

「術をかけられた側がなにかを得る代わりに、なにかに縛られるという契約のことだよ。恐らくあの鼠は命を救ってもらう代わりに、なにか使命を与えられたんだ」

首を傾げると戸塚さんは自分の首の後ろを指さした。

「本人は気付いていないようだが、ちょうど首の後ろに赤い蜘蛛の印が刻まれていた。だからわざと泳がせた」

やっぱり戸塚さんは考えがあって鼠を逃がしたようだ。

「あの鼠が与えられた使命がこの泥棒ってこと？」

「人間を恨んでいるのであればもっと違う復讐《ふくしゅう》方法があるだろう。だが、あの鼠は盗みを働くということに執着していた。それも一軒につき一つの品物。復讐としては拙《つたな》すぎると思わないか？」

『何者かが鼠を使い、盗みを働かせているということか？』

恐らくな、と戸塚さんは鼠が出て行った外を見つめた。

「あの……その呪ってのがあるとどうなるんですか？」

「死ぬわ」

答えたのはヒバナさんだった。端的な答えに全員が彼女を見上げる。

「呪を破ればかけられた者は死ぬ。あの子の場合は盗みをやめたら死んでしまう。だから呪いなのよ」

「鼠を縛る呪い、そしてその裏になにがあるかを突き止める。今後も鼠は盗品を幽世に流すはずだ。彼の動きに注意しつつ盗品の回収に当たれ」

という結論が出て深夜の会議はようやくお開きになった。

「百目鬼ちゃん？」

みんなが続々と部屋を後にしていく中、百目鬼ちゃんは最後まで会議室に残っていた。なにかを考え込むように俯いて、拳を握りしめているその顔は青ざめていた。

＊　＊　＊

戸塚さんの読み通り、あれから鼠小僧による盗難被害は加速の一途を辿っていた。

この一週間で被害件数は五十件にも及んでいる。さらに現世の盗難品が幽世に流れ着き、俺たちはその回収作業に追われていた。

俺はしろがねと二人で回収作業を終え、本部に帰ってきたところだ。

「……よくもまあこんなに盗むよな」

『鼠は鼻先さえ入ればどこでも自由に移動できるからな』

特務課本部の一室は鼠小僧が盗んだ品物で溢れかえっていた。

「だけど、被害が増えてく一方で鼠にかけられた呪いの正体が一向にわからないよな」

「これだけ現世に被害が及ぶと目をつけられるだけだっていうのに、あの鼠にまじないをかけた奴はなに考えてるんだろう」

しろがね、そしてこがねと三人で話しながら本部の部屋へ向かっていると、縁側に百目鬼ちゃんが座っているのが見えた。

「百目鬼ちゃん、お疲れ」

声をかけるが返事はない。聞こえていなかったんだろうか。

「百目鬼？　どうしたの」

しろがねが声をかけても返答がない。百目鬼ちゃんは俯いている。

眠っているのだろうか。起こさないように後ろを通ろうとしたとき、彼女の手の甲に目が浮き出ているのが見えた。それはなにかを探すように一心不乱に動いていた。どう考えても尋常ではない。

『百目鬼!』

こがねが百目鬼ちゃんの肩を揺さぶる。そこでようやく彼女ははっと我に返った。

「どうしたの、なにかあった?」

しろがねが眉を顰《ひそ》めると、百目鬼ちゃんは肩を落としながら呟いた。

「あの鼠を探していました」

「鼠を?　戸塚さんは泳がせておけっていっていたけど」

「で、でも。呪があったら、彼は死んでしまうかもしれません!」

凄い剣幕で俺の腕に摑みかかってきた。

「もしかして、百目鬼。アイツに自分を重ねてる?」

しろがねの言葉に百目鬼ちゃんは、はっと顔をあげた。

どういう事だとこがねに話を求めると、彼女は百目鬼ちゃんの頭を優しく撫でながら口を開いた。

『百目鬼は元々人間だったんだよ』

「あたしは……昔、奉公先で盗みを働き殺されかけ、あやかしとして目覚めました」

とんでもないカミングアウトに俺は言葉を失った。

「あたしが生まれた家は貧乏でした。それも人から者を盗まないと生きていけないくらいには……そういう時代だったんです。親に捨てられ、奉公先に出されてもその癖は治りませんでした」

「百目鬼ちゃんが泥棒？」

「はい。最初は相部屋の子のお菓子を盗みました。次に上司の簪《かんざし》を盗みました。みんな、私に冷たく当たって来たから当然の報いだと……思っていました」

それは鼠が話した動機と似通っていた。

「あたしに酷いことをした人たちの困った顔をみるのが快感でした。だから……あたしは、時折酷い暴力を振るってきた主人が貯《た》めていた金を盗もうとしたのです。これがあれば一生生きていくのに困らない金額です。それを持って自由に生きていこうとしたとき……見つかってしまいました」

「……それで、どうなったの？」

目隠しされた彼女の表情は窺《うかが》えない。でもその口角は自嘲するように上がっていた。

「殺されかけました。盗みを働いた手を潰され、二度と物が見えないようにと……両目を抉られました」

そっと彼女は自身の目に手を触れる。

「暗闇の中、油を身に浴びせかけられ火をつけられました。生きながら、ですよ？」

あまりにも凄絶な過去に俺はなんて声をかけたらいいのかわからなかった。

「息絶えようとしている中、あたしは死にたくないと思いました。あたしをこんな目に遭わせたヤッらが憎いと。自分がしたことを棚に上げ、ひたすらに彼らを恨み、その不幸を願いました――そうしたらあたしは、百の目をもつ鬼になっていました」

百目鬼ちゃんは腕を出す。無数に浮かび上がる目が悲しみの色に塗《まみ》れていた。

「……この姿は、罪人の証《あかし》です」

『百目鬼は元人間の妖魔として目覚め、その屋敷にいた人間を全員殺してしまった。燃え盛る屋敷の中で呆然としていた彼女を、私と白銀が保護したんだよ』

百目鬼ちゃんの過去に俺はなにも言葉を返せなかった。

「確かに百目鬼がしたことはいけないことだけど、彼女にも同情の余地はあった。その屋敷の主人は裏で悪事を働いていた罪人。方々から恨まれていて、百目鬼が殺さなくても他の者に殺されていただろう」

『責を感じ、百目鬼はすぐに死のうとしていた。それはいけない。罪は生きて償うものだ……と、私たちの弟子にすることにしたんだ』

「でも、そのせいでお二人は……」

百目鬼ちゃんの言葉を遮るように、こがねは彼女の口元に指を宛て優しく微笑む。

『後悔はしていない。私も、白銀も』

「そうそう。毎日暇だったしね。弟子を取るのもいいかと思ったんだよ」

「もしかして百目鬼ちゃんがこの本部から出られないのって……」

「優月院に与えられた罰ですよ。また罪を犯さないように、今は戸塚様のもとで監視されています。でも……皆さん優しいですし、戸塚様も時折外出許可をくれます。人間のときより、幸せです」

そう笑う百目鬼ちゃんをみてほっとした。

「ボクらは百目鬼が笑ってくれるのが一番だよ」

しろがねが頭を撫でると百目鬼ちゃんは嬉しそうに微笑んだ。

話が落ち着くと、本部の扉が開き戸塚さんが出てきた。

「西渕、ちょっといいか」

「どうしました？」

「現世でまずいことが起きているらしく、応援を頼まれた。今すぐ九十九と向かってほしい」

『一体なにが起きたんだ』

戸塚さんが焦っているなんて珍しい。

「現世に住むあやかしが突然結界を展開し、人間を閉じ込めたそうだ」

「場所はどこなんですか？」

「新宿区歌舞伎町だ。俺もまだ詳しい情報を得ていないから、詳細は現地の局員から聞いてほしい——百目鬼、頼んだ」

「はい！　転移先、現世東京都新宿区歌舞伎町——飛ばします！」

＊　　＊　　＊

目を開くと目映《まばゆ》い光が差し込んだ。背後から聞こえる喧噪《けんそう》。場所を確かめるように視線を動かすと、目の前には歌舞伎町の一番街アーケードが立っていた。

『……なんだ、この目映い街は』

こがねが驚きながら輝くネオンに目を細めている。

「全く違うけど、例えるなら幽世でいう吉原みたいなとこだよ。ここが現世の眠らない街さ」

「……っ、と真澄くん。お待たせ」

その直後、隣に九十九さんが現れた。きっと百目鬼ちゃんの転移だろう。

「いえ。俺も今来たところです」

「で、なにがあったの？　三海と一緒に見回りしてたら急に飛ばされたから状況全然わかってないんだよね」

「それが戸塚さんも混乱しているようで。なんか現世のあやかしが暴れ狂っているだとか……そんな感じの応援要請みたいっすよ」

鉄パイプを肩にさげ、九十九さんは目の前のアーケードを見上げる。

大通には車が走っている。アーケードの周囲を野次馬が囲んでいること以外は日常と変わらないように見える。

「こんなに一般市民いて大丈夫なんですか」

「まあ……こんな場所だから完全に隠しきることも難しいんだろうね。時間と場所が最悪だ」

周囲から、突然人が現れたとか、イケメンがいる！　とか、なんか狐が浮かんでるぞ、とかざわめきがたちシャッターの音が聞こえてくる。それに九十九さんは振り返り、やっほーと手を振っている。秘密結社がこんな感じで大丈夫なんだろうか。

「あ……！」

背後から声をかけられて振り返る。

「浅野《あさの》！」

そこには入局式で席が隣同士だった浅野が立っていた。俺たちが突然現れたことにかなり面食らっているようで、口をぱくぱくと開閉させている。

「に、西渕。なんでここに……というかその人、入局式に乱入した人だよね」

「あ、ああ……色々あって」

どうしたものかと目を泳がせていると、九十九さんが俺の肩に手を置きながら前に出た。

「お疲れ。公安特務課の九十九と西渕。本部から応援要請を受けて飛んできたよ」

九十九さんが懐から手帳を出したので、俺も慌てて公安手帳を取り出した。

「で、なにが起きたの？　この中のあやかしぶっ殺せばいいのかな？」

「ぶ、ぶっ殺……」

『ええい、其方は何故そのように血の気が多いんだ！』

この人に会話を任せたら碌なことにならない。俺は慌てて九十九さんの前に押し出る。

「詳細はこっちで説明受けるようにってウチの課長からいわれたんだよ。浅野、状況わかる範囲で教えてくれる？」

「おう！　え、ええと。三十分前に、この歌舞伎町を根城にしているっていうあやかしが突然結界を張ったらしくて……」

「あやかしが……結界を？」

『現世に住むということは悪い者ではないはずだが。まさか、妖魔に？』

「だとしたら、大本をぶん殴ればいい話だよ」

暴れられるかなー、と九十九さんは楽しそうに準備運動をしている。この人どこまで戦い好きなんだ。浅野がドン引きしてるじゃないか。

「何故特務課がここにいる！」

大声が聞こえたかと思えば、人波をかきわけ大柄の男がこちらに向かってくる。

「お前たち、野次馬せずに散れといっているだろう！　迷惑だ！」

強面《こわもて》の男が一喝すると、その場に集まっていた野次馬たちがさーっと消えていった。

やたら声と図体《ずうたい》が大きい男がこちらを睨みつけながらぐんぐんと歩いてくる。

「相変わらずうるさいなあ……応援要請してきたのはそっちでしょ？　不動《ふどう》サン」

「九十九恭助！　貴様は上司には敬語を使えと何度もいっているだろう！」

「僕が敬意を払うのは僕が認めた人だけだよ。アンタは無理」

戯《おど》けた九十九さんに不動と呼ばれた男性が青筋を立てる。これは任務がはじまる前に俺の胃に穴があきそうだ。

「……お前が狐憑きか」

ぎろりと睨まれて背筋が伸びた。戸塚さんとはまた違った威圧感がある。

一言で表わすと屈強な体育会系。戸塚さんがインテリヤクザだとしたら、彼はモロヤクザだ。敵意が籠もった視線に萎縮する。

「あ、はい。新人の……西渕っす」

「半妖を公安局にいれるなんて、戸塚の馬鹿もなにを考えているんだか」

冷めた瞳ですぐに目を逸らされた。なんだ、俺は人間扱いされてないっていうのか。

『この無礼者、嚙み殺していいか？』

「やめな。こういうのは相手にしたら負けだよ。食べたって多分固くて美味しくないしね。このオッサンが戸塚さんに嫉妬してるだけだよ」

「九十九、お前いい加減にしろよ！」

威嚇するこがねを制し、九十九さんが前に出た。

「いい加減にするのはそっちの方だろ？」

その瞬間、思い切り鉄パイプを振り下ろす。鈍い音がして地面が抉れていた。

「可愛い後輩虐《いじ》めるなよ。パワハラで訴えるよ？」

不動さんの胸ぐらを摑む九十九さんの目は血走っていた。

「アンタらじゃ対処できないから戦闘部隊の僕たちが呼ばれたんだろ？　こんなことしてる間に人が死ぬぞ？　くだらないイヤミいってないで、さっさと情報教えろよ。

「――っ、詳細については我々も現在調査中だ」

現場知らずのエリート幹部さんよぉ？」

不動という人はふいと目を逸らす。

「中に閉じ込められた人はどうしてるの？」

「万が一のために全員建物内に避難させている。結界の範囲はＴＡＩＨＯシネマを中心に半径二百メートル。こちらから侵入することは可能だが、出ることはできない」

「最初からそういえばいいのに。じゃあ、どのみち中に入るしかないわけだ」

どうも、と不動さんの胸ぐらを押し戻し九十九さんはアーケードをくぐっていく。

「僕たちが解決してくるからそこで高みの見物でもしてなよ。自分は安全なところにいて、下っ端に危険なことさせるお前らエリート、僕は大っ嫌いなんだ」

『私と真澄を馬鹿にしたこと覚えておくがいい、小童《こわっぱ》』

「……ああ、もう。これ以上変なところで煙を立たせないでくれ！　相手にしたら負けだっていってたでしょ！」

そういいながら俺たちはなんのためらいもなく、あやかしが張った謎の結界の中に足を踏み入れた。

＊　＊　＊

結界の中はしんと静まりかえっていた。

歌舞伎町がこんなに静かなのもかえって不気味だ。ちらりと建物を見たら窓の外を眺めている人たちが見える。どうやら中に閉じ込められているというのは本当らしい。

一番街の通りを真っ直ぐ進むと、巨大怪獣が大口を開けている広場に出てきた。

「……なにか音が聞こえるね」

するとと四方からなにか甲高い鳴き声と、群れのようなものが押し寄せる音が聞こえる。

「……！」

振り返るとこちらに向かって大量の鼠が走ってきて俺たちを取り囲んだ。

「……敵？」

『いや、違う。これはタダの鼠だ』

「――きたな特務課、待ちわびたぞ！」

巨大怪獣の頭の上からなんかがふってきた。

ドスンと大きな音を立て、現れたのは人ぐらいの大きさの、袈裟《けさ》を着ている大鼠。

『其方は……！』

「なんだ、知り合いか？」

その鼠を見た途端、こがねが目をかっぴらいた。

「歌舞伎町に結界を張って、僕たちを呼び寄せたのは……君？」

「如何《いか》にも！　我はこの新宿区の長、頼豪《らいごう》である！」

「頼豪……？」

「ううむ……人間には鉄鼠《てっそ》と名乗ったほうがわかりやすいか？」

俺は慌てて懐から本を取り出した。

『なにを読んでいるんだ』

「妖怪大百科。この間こっち来たとき買ったんだよ」

某有名な妖怪大百科をパラパラと捲《めく》り、鉄鼠の記述を探す。

「あ……あった。鉄鼠。平安京で、法典を食い荒らした……？」

「ほほう、懐かしいな。そんなこともあったな！」

読み上げると頼豪と名乗る鼠は懐かしそうに髭《ひげ》を撫でる。

『何故、京都にいたはずの其方がこんなところにおるのだ』

「ここには我が同胞が多い故、ねぐらには丁度いいのだよ」

ふふん、と自慢げに鼠は笑う。

「ま、なんでもいいけど。こんな大騒ぎにして、一体なにがあったの」

「それが、ちと面倒なことになったのだ」

「面倒……？」

うむ、と鼠は頷いて髭を撫でる。

「我が守っていた封印の絵巻が鼠小僧と名乗るはぐれに盗まれたのだ」

「鼠小僧!?」

あいつだ、とみなの頭にあの子鼠の姿が浮かぶ。

『あの馬鹿者……とうとうあやかしの物にも手を出しおったか』

「その封印の絵巻というのはなんですか？」

「巻物に百以上のあやかしを封印しているのだよ。それが解き放たれたらこの歌舞伎町に百の妖魔が放たれる。その中には厄介な者もおるからな……」

その言葉に俺たちの顔色が変わる。

「万が一の場合を考え、盗まれたのを見た瞬間に街に結界を張ったのだ。これで犯人はここから出られないし、それに妖魔が出ても抑えることができる」

「でも、なんでそれをわざわざ僕たちに？　そこらへんに公安局員たくさんいるでしょ」

九十九さんの言葉に鼠は困ったように頭を掻く。

「ヤツら、我を見ると逃げ出しおって話にならん。なにもせぬというのに、無駄な札を投げてきおって。だから幽世に住むお主たちが一番話が通じると思ったのだ」

『それは……其方に心から同情する』

「伝達が間違って、頼豪さんが悪いことしてるみたいになってますからね」

「なんとそれは殺生な……」

まあ、現世に住んでたらこんなあやかしと遭遇することも少ないだろう。俺も幽世にいたから慣れただけで、なにもなかったらあの新人局員みたいに震えているかも知れない。

「つまり、鼠小僧を見つけて法典を取り返せばいいんだね」

「そうだ。あの封印が解けたら大変なことになる。迅速に頼めるか」

「捜し物なら、千里眼持ちのウチの大型新人におまかせあれ〜」

じゃじゃーんと九十九さんは俺を手でひらひらと目立たせてくる。

そんなに期待されても困るんだけどな……。

「こがね、できるか？」

『任せておけ。やり方は私が教えよう。同調しやすいように、地面に手をつけ』

いわれたまま、地面に手をついた。ひんやりとしたアスファルトの感覚が伝わってくる。

「──開眼」

千里眼を開くと、地形の情報が伝わってくる。

『目標はあの自称鼠小僧だ。一度会っているから、気配は捜しやすいはずだ』

いわれるがままに鼠小僧の気配を捜す。

ドローンが上がるように遥《はる》か上空から歌舞伎町を見下ろす。すると、米粒のような白い光が見えた。

「──いた」

それはひたすら走り回っていた。

後ろからは他の鼠が追いかけているようだ。光は見えるが目視はできない。なら、きっと彼らは地下を走っているはずだ。鼠は桜通りを抜け、一番街通りをこちらに向かって真っ直ぐ走ってきている。

「……この真下！」

「任せて！」

その瞬間九十九さんが鉄パイプを思いっきり地面に向けて振り下ろした。

どごん、という爆発に近い衝撃。上がる土煙。視界が開けると、アスファルトが捲れ地下が露《あら》わになっていた。この人どれだけ馬鹿力なんだ。

「……みぃつけた」

にやりと笑う九十九さんの目線の先には、巻物を体にくりつけたあの鼠小僧が震えあがって尻餅をついていた。

「でかした！　さあ、盗人！　それを疾《と》く返せ！」

「や……やなこった！　死んでも返さねえ！」

はっと我に返った鼠小僧は地上を走り出す。

『ゆくぞ！』

こがねが狐の姿になり、駆け出していく。俺たちもそれを追った。

『鼠！　早くそれを返せ、その封印が解けたら大変なことになる！』

「やなこった！　絶対返さねえ！」

「なんでそんなに意地張るんだ！　そんなの持ってたってオマエには何の役にも立たねえだろ！」

「うるせえ！　これを盗まないとオレ様は死んじまうんだよ！」

鼠を必死に追いかけると、やつの首の後ろが淡く光っていることに気がついた。そこに見えるのは以前戸塚さんがいっていた「呪」の紋様だ。

『頼豪の経典を盗むことが呪の契約だったというのか!?』

「ちくしょう、ちくしょう！　騙された！　オレ様はただ生きたかっただけで――」

涙交じりに叫ぶ鼠は転んだ。

その拍子に、背中から巻物が外れ地面に転がっていく。

「――あ」

紐《ひも》が緩み、ころりと巻物が解けた。

巻物が開いてしまったのだ。

その場にいた全員が息をのんだ。

一時の沈黙。直後、経典からどす黒い光が放たれ中から大量のあやかしたちが飛び出してきた。その量は軽く百を超える。いつかの百鬼夜行の比じゃない。

「外だ！」「封印が解けた！」「でかした！」

俺たちの頭上を無数のあやかしが覆い尽くしていく。

静寂に包まれていた歌舞伎町は騒がしくなり、辺りは邪気に包まれ空気は暗く淀《よど》んでいく。

『封印が解けた……』

「まずい！　総員一旦退避だ！　態勢を立て直す！」

「え、コイツら全員倒せばいいんじゃないの？」

慌てる俺たちに反して九十九さんは一人嬉々として目を輝かせている。頼豪さんはそんな俺たちの首根っこを掴んで引き寄せた。

「転！」

首にかけられた大きな数珠を俺たちにもかけ、手を叩く。瞬きひとつする間に俺たちは別の場所に移動していた。

「――っ！」

意識が戻った瞬間、鼻をつく臭いに鼻を袖で覆った。

目の前に流れる水。薄暗く湿気《しけ》った空間。

「下水道……？」

「ここが我らのねぐらだ」

声がした方を見ると、下水道の行き止まり。奥まった広場のようなところに廃材で作り上げられた寂れた小屋が建っていた。そこには台座のようなものが置かれており、頼豪さんはやれやれと腰を下ろす。

「うむ……状況は最悪だな。地上は妖魔で溢れている。最初から結界を張っていてよかったわ」

「早く戻って根こそぎ倒したほうがいいんじゃないの？」

みんなが状況を整理している中で、九十九さんは一人鉄パイプ片手に準備運動をしている。

「だめだ。倒してはならん」

「なんで？　みんな雑魚でしょ？」

「あれらは贄《にえ》だ。三百の妖魔の身を代償に、一頭の大物を封じ込めておった」

『一体なにを封じ込めておったのだ』

頼豪さんは気怠げに数珠を首にかけ呟く。

「人食いの土蜘蛛、屍《かばね》だよ。お主も名前くらいは知っておろう、天狐神《てんこのかみ》」

『死んだものだと聞いていた』

こがねは虚をつかれたように目を見開いていた。

「公安局、そして偃月院からの要請により我が封じた。表向きには亡き者になったということにしてな。だが、いつの間にかこの封じられた経典の存在が知られてしまっていたようだ」

我も年を取ったと頼豪さんはやるせなさそうに肩を落とす。

「早くなんとかしないと結界内に残されている人たちが危ないんじゃ」

「地上にいるかもしれない人食い蜘蛛を倒せばいいの？」

否、と頼豪さんは大きく首を横に振った。

「彼奴らは封印されていた者たち。また封印せねばならん」

『封印というが、巻物は地上に置いたままではないか』

「あの巻物を取り返し、妖魔たちを一カ所に集め一度に封じられればよい」

「なかなか無茶なことというねえ」

九十九さんもお手上げだと両手を挙げる。あれだけの数をこの四人で対処する？

「戸塚さんに連絡して応援を呼んだほうがいいんじゃ――」

そのとき視界の端でなにかがそーっと動いているのが見えた。

息を殺して抜き足差し足で歩く小さな小さな鼠の姿。

「おい、なに逃げようとしてるんだよ」

「ぎゃっ！」

逃げようとしていた全ての元凶——鼠小僧を捕まえた。

『易々逃げおおせようなどと……ふざけるのも大概にしろ』

「君のせいでこんなことになったんだよ。戸塚さんだってもうさすがに見過ごさないでしょう」

「うるせぇ！　あの巻物を盗まなきゃオレ様死んじまうところだったんだよ！」

俺の手の中で鼠小僧がきーきーと騒いでいる。

『あの呪の源はこの巻物の強奪だったか』

「お前、最初からわかってんだったらなんでしらばっくれたんだよ」

全員に詰め寄られ鼠の顔は青ざめていく一方だ。

「命を握られてるなんて知らなかったんだよ！　ヤツがオレ様に盗みばっかり働かせるからよ、さすがに疲れていい加減にしてくれって詰め寄ったんだ。そしたら、指示に従わないと死ぬって脅されてよ！　オレ様だって被害者なんだ畜生め！」

「お前に盗みを命じたヤツは誰なんだ」

「知らねえよ！　命令されたことも覚えてる、でも……ソイツの名前も顔も思い出せねえんだよ！」

手の中で鼠は顔を覆って怯《おび》えていた。首の裏を確認してみると、赤い紋様がまだはっきり色濃く残っていた。

「きっとこの鼠くんに呪いをかけたヤツは勝手に縛りを付与してたんだろうね。自分にまつわる記憶を消し、命を奪うという記憶だけ強く強く刻みつけた。人間の契約と違ってクーリングオフもできない。残念だったね。君はいい捨て駒にされたってわけだ」

九十九さんの残忍な笑みに鼠の顔が絶望に歪んだ。

「んなことあるかよ……そんな、オレ様はようやく生き返ったのに」

しょんぼりと肩をすぼめている。なんだか可哀想《かわいそう》だ。

「お前は一体なにを命じられてたんだ。教えられる範囲で教えてくれ」

「アンタらにつけば、オレ様を助けてくれるのか」

『其方の態度次第だ。今ここで嚙み殺されたくなければ、正直に話せ。少なくとも、其方を騙したり、悪いようにはしない』

ここがねに睨まれるとようやく鼠は観念したように両手を挙げた。逃げる意思が無くなったと踏み、手を離してやると、鼠はその場にへたり込んだ。

「オレ様は命を救ってもらう代償になるべく多くの人間の物を一つでいいから盗んで幽世にばら撒けと頼まれた。百盗んだらノルマは達成のはずだったのに」

「それがとんでもないことに巻き込まれてたってわけだね。甘い話には罠がある。大人しく死んでた方がマシだったかもしれないよ」

「でもオレ様は……生きたかったんだ」

鼠はただ俯いていた。誰だって死の淵に立てば生きる方法を探す。俺だってそうだったんだから、鼠が生きたいと思う気持ちが悪いわけではない。ただ、彼に手を差し伸べた相手が悪かったんだ。

「その子鼠の不幸話はよくわかったが、一先《ひとま》ず上の妖魔を対処せねば現世の人間に被害が及ぶぞ」

そうだ。まずは封印を解かれた妖魔のことを考えないと。

俺たちの力だけでは封印なんて無理。妖魔を一度に巻物の中に封じるなんて――

「あの、要するに封印ていうのは……現世に放たれた妖魔を、巻物の中に転移させればいいってことですよね」

ん？

「そうだな。その認識で間違いない」

『……ん？　転移――』

今いる場所から、違う場所への転移。

その瞬間、特務課メンバーの頭に一人の少女の顔が浮かぶ。

「百目鬼ちゃん！」

全員の声が下水道の中に響く。

きっと幽世で百目鬼ちゃんはくしゃみをしているに違いない。

「今すぐ課長に頼んで、めっきー呼んでもらうよ」

九十九さんはすぐにスマホを取り出し、戸塚さんに連絡を取る。

「あ、もしもし戸塚さん!? こっちに百目鬼ちゃん連れて一緒に来て欲しいんだけど！」

『……この馬鹿。単刀直入過ぎるんだ』

九十九さんの脈絡のなさ過ぎる要求に呆れたように溜息をつくこがね。

きっと幽世にいる戸塚さんの頭は、はてなで一杯になっているだろう。

＊　＊　＊

「――で、一体これはどういうことですか」

それから間もなく、百目鬼ちゃんと戸塚さんが合流した。

『頼豪が守っていた経典の封印が解け妖魔が解き放たれた。彼奴らが結界を破る前に元通りに封じなければいけない』

全員を代表してこがねが戸塚さんたちに状況を説明してくれた。

「本当に土蜘蛛の封印が解けたというのであれば早急に手を打たないと不味《まず》いな」

「だからといって何故あたしも呼ばれたんですか？」

「百目鬼ちゃんの転移の力で妖魔を一度に巻物の中に転移させられないかな」

俺の突拍子もない提案に百目鬼ちゃんは戸惑いを隠せずにいた。

「た、確かにあたしは今まで皆さんを目的の場所へ転移させてきましたが……封印なんてしたことがありませんし、それに修行中の身で」

「いや、西渕の案は一理ある。百目鬼は百の目を持つあやかしだ。君なら妖魔を一度に封じることも可能だろう」

戸塚さんの感心した言葉に百目鬼ちゃんは口をぽかんと開けて固まっている。

「方向性は定まったね。問題はあの妖魔たちをどうやって誘《おび》き出すかだ」

「それもあるが、まずは地上に置いたままの経典を回収するところから始めなければならない」

『結界内の地形を確認する必要があるな。それならば、まずは私たちの千里眼を使って——』

「特務課！　わざわざお前たちに応援要請したというのに、どういう有様だ！」

頭を突き合わせて話していると下水道にうるさい声が響き渡った。

指で耳を塞ぎながら顔をあげると、どこからか不動さんが現れていた。足元には大量の札のような紙片が落ちている。

「げ、不動サン。どっからきたのさ」

「結界内に妖魔が大量出現したという報告を受け、お前たちには任せられないと、この俺がわざわざ来てやったんだよ！」

転移呪文を使ってな、と不必要なほど大声を張り上げる。鼓膜がちぎれそうだ。

そんな不動さんは戸塚さんの姿をみると動きを止めた。

「戸塚稔！　何故お前がここにいる！」

「部下に呼ばれたんだ」

「お前に手柄は渡さんぞ！」

「手柄なんか興味はない。好きにしろ」

怒鳴る不動さんと淡泊な戸塚さんの態度は正反対。というか明らかに不動さんが戸塚さんに突っかかっているようにしか見えない。戸塚さんはやれやれと咳払いをしてこちらに視線を戻した。

「話を戻すぞ。妖魔を封印する妙案を思いついた者はいるか」

『妖魔たちを追い込めばいいのではないか？』

こがねのアイデアに俺はそれだと手を叩いた。

近くにあった欠けた石で地面に歌舞伎町の地図を簡単に描いていく。

「頼豪さんの部下の鼠に協力してもらって、妖怪を行き止まりに追い込めばいいんですよ。ゴール地点に百目鬼ちゃんを待たせておいて、そこで封印をするっていうのは」

「うむ。それは妙案だ。だが、まず封じるための経典を取り返し、その上妖魔を少年のいう目的地まで導く者が必要だぞ」

　頼豪さんが話すと同時に、みんなの視線があの鼠に向いていく。

「……ってオレ様かよ!?」

『貴様が蒔《ま》いた種だ腹を括れ』

「なんでオレ様が人間どものために……」

「義賊なら、悪を挫き弱きを助けるだろ。お前のせいで何人もの人間が死ぬかも。そうしたらお前はもう処刑確定だ」

「……っ、けど。オレ様は裏切ったら死んじまう」

　鼠は目を泳がせる。

「人間を殺して死ぬのと救って死ぬの、どちらがマシかだよね」

　相変わらずオブラートに包まない九十九さんの言葉に鼠の顔が白くなっていく。

「……鼠小僧さん。あたしも貴方《あなた》と同じ境遇でした。人間に殺されかけ、人間を呪い、そして人間を殺しました」

「嬢ちゃん」

百目鬼ちゃんは鼠を両手のひらにのせると、ゆっくりと目隠しを取った。

はじめて露わになる百目鬼ちゃんの素顔。両の鏡の瞳、そして額の中央には赤い楔《くさび》模様が刻まれていた。

「これはあたしに刻まれた呪。人間に危害を加えたら、あたしは死ぬ。これがある限り、あたしは自由にはなれない。一生背負って行かなければならない罪の証。だから、貴女《あなた》を見ているとどうしても自分を重ねてしまうんです」

「嬢ちゃんは人間を恨んでいないのか」

「恨んでいないといえば嘘になる。でも、こうしてあやかしとして生まれ変わり接してきた人は良い人ばかりでした。だから私はそんな人間を守りたいと思っています。貴方はまだ人を手にかけてはいない、今ならまだ間に合う」

力を貸して頂けませんか、と百目鬼ちゃんは頭を下げた。

「わーったよ。やればいいんだろ、やれば」

その返答に百目鬼ちゃんはぱっと表情を明るくした。

「でもどうするんだ。オレ様は契約者に逆らったら死んじまう」

「そこは大丈夫だ。鼠、背中を見せてみろ」

戸塚さんに言われるがまま鼠が背中を見せると、彼は首の呪に手をかざした。

「――解呪《かいじゅ》」

紋様が光り輝き消えていった。

「これで大丈夫だ。君は呪から解放された」

「そ、そんな簡単に解けるもんなんですか？」

「一種の呪い返しだよ。そもそも相手を騙して結ぶ契約は拘束力が弱い。この程度であればいとも簡単さ」

ふっと得意げに笑う戸塚さんに鼠は目を瞬かせた。

「どうして助けたんだ」

「君に反省の色が見えたからだ。だが、また逃げ出すようなことをすれば容赦はしない。これよりもきつい呪で君を縛り付けるぞ」

ぞくりと背筋を凍らせながら鼠はゆっくりと頷いた。

「お前さん方には命を救われた。これで隔たりはねえ。ヤツにもオレ様を利用したことを後悔させてやろうじゃねえか」

「それでは、一度作戦を整理しよう」

戸塚さんが懐から歌舞伎町周辺の地図を取り出し、広げた。持っていたなら最初から出してくれればいいのに。

「今我々がいるのはここ。妖魔は映画館ビルを中心に半径二百メートル圏内に張られた結界内に百以上蠢《うごめ》いている。彼らの狙いは、結界外への脱出と彼らが恐れている経文の強奪。そこでそれを逆手に取り、結界の一部に穴を開け妖魔を誘い出す」

戸塚さんは地図を指でなぞりながら的確に説明をしていく。

「頼豪殿が結界の強化。我々は妖魔を結界の穴の地点へと誘う陽動を行う。そして先導は鼠小僧。経文を回収し、封印地点まで歌舞伎町の中を駆け抜けろ」

「おうよ！」

「そして穴の地点には百目鬼が待機。集まった妖魔たちを一匹残らず封印しろ。これは君にしかできないことだ。信じているぞ」

「はい！」

「それでは各自そのように――」

戸塚さんの言葉を不動さんが大きな咳払いをして制した。

「ここの指揮官は俺なんだが？　戸塚」

「……ああ。それじゃあ、陣頭指揮を頼む。不動部長殿」

ここでしゃしゃり出るのかよ、と全員がジト目で彼を見る中、不動さんは声を張り上げる。

「それでは作戦を開始する！　各々足を引っ張るなよ！」

『無茶はせぬようにな、百目鬼』

「頑張ります！」

「大丈夫、俺たちがついてるから」

返事もそこそこに俺と百目鬼ちゃんは立ち上がり不動さんの横を通り過ぎる。

「九十九、俺は南側から行く。君は北側から頼んだ」

「りょーかい！　張り切っちゃいますよ！」

二人でミーティングを始める戸塚さんと九十九さん。

「特務課、覚えてろよ！」

地下道の中に不動さんの声が反響していた。

＊　＊　＊

「――それでは、いくぞ。準備はいいな」

歌舞伎町。四方をビルに囲まれた人気のない路地裏の行き止まり。そこに俺たちは気配を隠してやってきた。周囲に妖魔の姿は確認できない。

「作戦開始」

戸塚さんの言葉を合図に、頼豪さんは結界に穴を開けた。

「それでは頼んだぞ。鬼の娘、健闘を祈る。我は結界の強化に努めよう」

そして頼豪さんはその場を後にした。

「妖魔の位置は俺が見て案内します。百目鬼ちゃんは巻物への転移に集中して」

「ありがとうございます」

「では、各員配置につけ。頼んだぞ西渕」

「うっす」

　そして戸塚さんたちも作戦に移るため、それぞれの配置についた。みんなの耳には不動さんが持ってきたイヤホン型の無線機がつけられている。

「じゃあ、行くぞこがね」

『うむ』「──開眼」

　二人で一緒に地面に手をついて状況を確認する。

　結界内、妖魔はちりぢりになっていた。まずは彼らを一カ所に集める必要がある。

「戸塚さん、九十九さん、ええと……不動さん。まず散らばってる妖魔を結界の中心のビル周辺に集めて下さい」

『了解』

　そう頼んで間もなく、九十九さんが鉄パイプを、戸塚さんが日本刀を手に妖魔を追いかけ始める。彼らが騒ぎを起こしたお陰で散らばっていた妖魔たちは鼠が待つ結界中心部へと固まり始めた。

「鼠。経文が置かれている地点に妖魔の姿はない。今のうちに取れ。そうしたらみんながら妖魔を引き連れてそっちにいくから、それが見えたらなりふり構わず俺たちがいる方へ向かってくるんだ」

『本当にやるんだな』

「ああ。お前の逃げ足ならできる。頼んだぞ」

『合点承知』

返事をする鼠の声は緊張で震えていた。

今から結界内の妖魔が一匹の小さな鼠を目がけて襲いかかってくるのだから、不安に駆られて当然だろう。

『こ、こっちに来いクソ妖魔共！　オレ様がオマエらを地獄へ案内してやるぜ！』

無線を介して向こうの声が聞こえてくる。俺の視界には鼠小僧に向かって走ってくる大量の妖魔の群れ。

宙を浮くモノ、地を走るモノ。獣、鳥、どちらでもないモノ、文字通りの魑魅《ちみ》魍《もう》魎《りょう》だ。だんだん地鳴りのような音が地を這うように近づいてきていた。

「よし、こい！　鼠！」

『一度死んだ命だ！　もうどうにでもなれえええええっ！』

やけくそになりながら鼠はスタートを切った。

体よりも大きな経文を背負い、俺たちがいる行き止まりまで真っ直ぐ走ってくる。

「ま、真澄さん。状況は」

「中通りを抜けた。ここまで残り五十を切ってる。次の曲がり角を曲がればすぐだ」

「……っ」

『恐ろしいか、百目鬼』

強ばった声に俺は千里眼を解除して百目鬼ちゃんを見る。

隣に立つ彼女の手は小刻みに震えていた。

「あ、あたしに……できるでしょうか。やったことなんて、ないから」

「百目鬼ちゃん」

「いつも皆さんを乱暴に転移しているから……上手くできるかどうか」

『大丈夫だ百目鬼。其方は一人ではないよ』

こがねが優しく百目鬼ちゃんの手を握った。

「俺たちもついてる。後ろからはあの九十九さんと戸塚さんが来てくれてる。鼠も必死に走ってくれている。もし失敗したらその時はみんなで妖魔をぶっ倒せばいい」

それに、と俺は笑って百目鬼ちゃんのもう一つの手を握る。

「いつも俺らにしてるみたいに、もっと滅茶苦茶に妖魔たちをあの巻物の世界の中に転移させちまえ！　みんな卒倒するよ」

「……真澄さんも、公安局に染まってきましたね」

「まあね」

くすくすと笑う百目鬼ちゃんに俺とこがねの肩の力も緩む。

「緊張は収まった？」

「はい。真澄さんもたまにはやりますね」

「お褒めにあずかり光栄です」

胸に手を当てて戯けてみせた。

『さて――二人とも、来るぞ。百目鬼、覚悟はいいか』

「――はい」

大量の気配が近づいてくる。

「嬢ちゃん！　頼んだぞ！」

息を切らして鼠が駆けてくる。その後ろに大勢の妖魔を引き連れて。

「受け取れ！」

鼠が背中から経文を投げ飛ばす。それを受け取った百目鬼ちゃんは紐をほどき、白紙の巻物を広げた。

『我が愛弟子《まなでし》よ！　思いっきりぶちかませ！』

「――目標、経文内。妖魔の数、おおよそ三百。封じます！」

百目鬼ちゃんが目隠しを取った。

鏡の目が現れた瞬間、周囲のビルの壁に百目鬼ちゃんの目玉が百以上現れる。

大小様々なそれはその場にいる全ての妖魔の姿を映した。

「ぐあああああああっ！」

百目鬼ちゃんの目の中に、妖魔たちが吸い込まれていく。その度に、白紙だったはずの経文の中に妖魔の絵が描かれていった。

「あの少女を殺せ！」「封印を阻め！」

だが、妖魔たちも抵抗する。百目鬼ちゃんを殺そうと襲ってくる。

「させるかよ！」

「俺の部下に手を出すな！」

「とっとと失《う》せろ、妖魔ども！」

背後から追いついてきた九十九さんが鉄パイプを振るい戸塚さんが刀を抜き、不動さんはその身一つで妖魔たちを次々と目の中に投げ込んでいく。

「……っく」

百目鬼ちゃんの目の端から血が垂れる。だが、それでも百目鬼ちゃんは諦めず目を見開き踏ん張っている。

「――飛ばします！」

百目鬼ちゃんがそう叫んだ瞬間、周囲は万華鏡の世界に変わる。

色とりどりの柄がキラキラと動いている。目を奪われるほどに美しい光景だ。

『全員！　伏せて目を閉じろ！　百目鬼の目を見るな！　持っていかれるぞ！』

こがねが叫び、全員が地に伏せて目を閉じた。

その瞬間、瞼《まぶた》の向こうでちかっと光が輝いて大きな風の音がした。

「――っ」

しばらくして音が止む。

「みなさん、もう、大丈夫です」

息も絶えだえな百目鬼ちゃんの声が聞こえる。

ゆっくりと顔をあげるとそこにいたはずの妖魔は皆消えていた。

「妖魔は、無事……封印できました」

百目鬼ちゃんの足元に転がっている経文には妖魔の絵がびっしりと描かれていた。

「お疲れ～みんな」

気の抜けた九十九さんの声で、皆バタバタと地に座り込んだ。

「よく、やってくれた」

経文を手にしながら頼豪さんはかかか、と豪快に笑っている。

すると百目鬼ちゃんがふらりと地面に向かって倒れていく。

「百目鬼ちゃん！」

すんでの所で受け止める。相当疲労困憊《ひろうこんぱい》しているようだ。

「あたし……人の役に、立てましたか？」

「ああ、十分だよ」

『疲れただろう。もうよい、今は良く休め』

「鼠さんも……ありがとう、ございました」

百目鬼ちゃんは鼠に手を伸ばし、彼の頬を指先で軽く一撫でするとそのまま意識を失った。

「よく、頑張ったな」

戸塚さんも微笑みながら、百目鬼ちゃんの頭をさらりと撫でる。

「それで全員なのか、頼豪鼠」

不動さんが腕を組みながら経文を見ている頼豪さんに声をかける。

「——否」

その言葉に皆が目を見開いた。

「土蜘蛛の姿が見当たらぬ」

頼豪さんが顎に手を当てながら唸る。

経文の中心にはぽっかりと大きな丸い穴が空いていた。

「その土蜘蛛ってそんなに危険な存在なんですか？」

俺が尋ねると戸塚さんは間髪容れずにああ、と頷いた。

「その経典に封じられていたあやかしは人食い土蜘蛛の屍《カバネ》。落月教の幹部の一人だよ」

経典を覗き込みながら不動さんは困ったように唸った。

「ちっ、事後処理が面倒だ。これから面倒なことになるぞ特務課」

頼豪さんの結界が解かれ、もとの歌舞伎町に戻っていく。

だが、街は依前不気味なほど静まりかえっていた。

＊　＊　＊

「……っ、悪かったって！」

「だから、言ったじゃないですか！　人の忠告を聞かないからこうなるんです」

数日後、特務課で百目鬼ちゃんは鼠小僧に説教をしていた。

「悪かったって！　もう懲りた！　盗んだブツもしっかり返した！　もういいだろ！」

あれから鼠小僧は更生し、盗んだものもきっちり元の持ち主に返したようだ。

今回の騒動の功労もあり、以後幽世での監視処分で済んだらしい。

「でも、鼠小僧くんはこれからどうするつもりなの？」

しろがねが無邪気に鼠をつんつんとつついている。

「頼豪のダンナのところで厄介になる。あやかしとして十分な力をつけたいんでな」

『うむ、それはいい心がけだ。頼豪のもとにいれば安心だろう』

こがねはそれがいい、と安心したように頷く。

「そういえばさ、ずっと鼠とか鼠小僧って呼んでたけど……お前本当の名前はなんていうんだ？」

「はっ、元鼠だぜ？　名前なんかあるわけねえよ」

俺の問いかけに偉そうに答えるが、それは誇っていいことなのだろうか。

「名前がないのも困りものだな。今後どう呼べばいいのかもわからない」

戸塚さんの言葉にみんなうーんと考える。

「チュウきち」「鼠小僧もどき」「はぐれ」などとネーミングセンスの欠片《かけら》もない名前ばかりが挙がっていく。

「ハヤテ……というのは？」

そんな中最後に百目鬼ちゃんがぽつりと呟いた。

「あら、素敵な響きじゃない」

「逃げるのが速いということは、足が速い。つまり、疾風《はやて》のように駆けるので……ハヤテさん、というのは」

「ハヤテ……ハヤテ。いい名前じゃねえか！」

鼠小僧、もといハヤテは嬉しそうに微笑む。そして百目鬼ちゃんは手のひらの上にハヤテを乗せ微笑んだ。

「あたしを信じて、協力して下さってありがとうございました。ハヤテさん」

百目鬼ちゃんが鼠小僧の額に軽く口づける。

「……っ」

きゅう、とハヤテは顔を真っ赤にしてそのままこてりと倒れ込んでしまった。

「はい、解散」

空気を読んだ戸塚さんの一声で、みんな本部の外に出る。

部屋の中からは楽しそうな百目鬼ちゃんとハヤテの声が聞こえていた。

『愛い愛い、実に愛い弟子よ』

「百目鬼にもようやく春かな？」

そして一番微笑ましそうなのが、百目鬼ちゃんの師匠二人組だ。

「二人とも嬉しそうだな」

「当たり前だろう。弟子が幸せになって喜ばない師匠がいないわけないだろ」

こがねとしろがねが笑い合っている。

こうやって穏やかな日常が戻ってくるとやっぱり安心する。

「さて、午後は見回りにいくと――っ!?」

突然、目に激痛が走った。
『——真澄!?』
立っていられないほどの激痛。目を押さえて座り込む。
瞼が痙攣《けいれん》し、勝手に視界が変わっていく。
暗闇の中。人間が繭のようなものに包まれていく。
蜘蛛の巣に搦め捕られるように、人間が一人、また一人と消えていく。
「……人が、消える」
『なにが起きている、しっかりしろ！』
俺はそのまま意識を失った。
次に目覚めたとき、穏やかな日常は終わっているとも知らずに。

幽世公安局本部より通達

東京都新宿区歌舞伎町。頼豪鼠が所有する経文の封印が解け、現世に大量の妖魔が発生。即時、頼豪鼠が結界を展開。公安局員は結界内にいた民間人の避難、保護にあたっていた。

事態収束後、当時結界内にいた一般市民三十名が安否不明。

行方不明者として警視庁・幽世公安局で捜査にあたることとする。

第参話　人食い蜘蛛の矜持

「――先日の新宿歌舞伎町での妖魔《ようま》暴走の一件で、現世《うつしょ》から三十名の人間が消えた」

現世・霞が関。俺たちは公安局本部の緊急会議に招集されていた。

薄暗い会議室。横一列に並ぶ上層部局員の向かいに、俺たちは立っていた。

「公安局特務課、戸塚《とつか》、九十九《つくも》、そして西渕《にしぶち》。貴様たちは妖魔暴走事件発生当時、歌舞伎町で任務にあたっていたな」

中央に座る男の眼鏡がきらりと光り、戸塚さんを鋭く射貫く。

「我々は本局一課不動正宗《ふどうまさむね》の命により、歌舞伎町内に放たれた妖魔を封印する作戦にあたっておりました」

「でも途中で人間なんか見てないよ。僕らは妖魔を抑えるのに集中してたしね。だいたい、ビル内にいた市民の保護は警備課の役目でしょ？　僕らのせいにされても困るんだよね」

気怠げに頭の後ろで腕を組んでいる九十九さんを上層部は睨みつけた。

「貴様はどうだ西渕。そのご立派な千里眼で行方不明者を捜せないのか」

「それは……ちょっと難しいかもしれません」

「千里眼は全てを見通す力ではなかったのか？」

「……まだ千里眼を完璧に使いこなせているわけではないので」

「はあ……全く能天気なヤツらだ」

上層部の人間たちは呆れたように眉間に手を当てた。

「誰のお陰で妖魔を封印できたと思ってるんだよ」

「ふん、土蜘蛛《つちぐも》を取り逃がしておいてよくいうわ」

「うわ、うっざ。アンタらなんかどうせここでのんびりお茶でも飲んでたくせに」

その一挙一動が戸塚さんと九十九さんの苛立《いらだ》ちを募らせることに彼らは気付かないんだろうか。俺はこの会議が無事に終わることを祈ることしかできない。

「それで、今我々が招集された理由は、行方不明者捜索の命令でしょうか」

あろうことか上層部は戸塚さんの言葉を鼻で笑った。その瞬間、九十九さんの顔が凍り付いた気がした。

「驕《おご》るのも大概にしろ。貴様らに頼むはずがなかろう。ただの事情聴取だ」

「現世の人間が消えたのだ。もう我々公安局だけでは手に負えない。警察機関の協力を仰ぎつつ、以前の失踪者含め『連続失踪事件』として捜索を続けていくつもりだ」

「落月教《らくげつきょう》幹部、土蜘蛛屍《かばね》の調査はどうするおつもりですか」

「それは偃月院《えんげついいん》の方で捜索に当たっている。奴はまだ現世に手を出していない故、公安局の管轄外だ。くれぐれも余計なことはするなよ特務課。先の一件、貴様らを呼んだのは鉄鼠《てっそ》・頼豪《らいごう》からの指名があったからだ」

以上、と一方的な会議が終わった。

「アンタらさっきから黙って聞いてれば――」

「それではこれで失礼します。行くぞ九十九、西渕」

「あっ、ちょっと離してよ稔《みのる》さん！　コイツらにいわれっぱなしでいいわけ⁉」

戸塚さんは九十九さんが暴れ出す前に、彼の首根っこを摑み引きずるように部屋を出て行った。俺は愛想笑いを零しながら、上層部の皆さんに一礼し会議室を出た。

＊　＊　＊

「あー、もう。ネクタイは苦しいし、疲れたし、腹立つし、サイアク。現場のこと知りもしないで稔さんに喧嘩売るなんてどうかしてるよ」

「俺は別の意味で疲れましたよ」

九十九さんは苛立たしげにネクタイを緩めた。

俺たちは九十九さんの提案で虎ノ門駅近くのラーメン屋にきていた。

テーブル席に案内され、ようやく腰を落ち着かせる。この三人で食事するのもはじめてのような気がする。

「みんなどれにする？　僕は塩ラーメンがいいな」

「俺は醬油《しょうゆ》で」

「じゃあ……俺は味噌《みそ》でお願いします」

三人とも違う味を注文してラーメンが届くのを待つ。

季節は梅雨。クーラーが効いた店内もどことなくじめじめしている。俺と九十九さんはジャケットを脱いで袖をまくった。

「幽世《かくりよ》だとどうしても上着着てないといけないから苦しいよねぇ。稔さん、夏服作ってくださいよ」

「それは俺じゃなくてヒバナにいえ」

呆れている戸塚さんの表情はいつもと変わらず涼しげだ。

「でも現世でご飯食べるのも久しぶり。ラーメンなんていつ以来だろ」

俺もラーメンは大好物だ。久々に店のラーメンが食べられると心躍らせていた。

和気藹々《わきあいあい》と俺と九十九さんは雑談を交わすが、一人戸塚さんの表情が優れない。

『どうした、戸塚。浮かないな』

ひょこりとこがねが顔を出す。

「いや、どうにも腑に落ちなくてな――」

「お待たせしました！　味噌、塩、醤油です！　ごゆっくりどうぞ！」

戸塚さんの言葉を遮るように、元気な店員さんがラーメンを置いていってくれた。

「……伸びないうちに食べるか」

「いただきます！」

手を合わせ、箸で麺をすくい上げると丼の中からぶわっと湯気が立ち上る。夏は暑いけれどやっぱり熱々のラーメンは至高だ。

「……話を戻すが。なぜこのタイミングで公安局が動く？」

眼鏡を曇らせながらラーメンを啜《すす》る戸塚さんが口を開いた。

「歌舞伎町で閉じ込められていた人が消えたからじゃないですか？」

そう答えた九十九さんはすかさず分厚いチャーシューにかじりついた。

「そこは疑問に思っていない。俺が疑問に思うのは過去の行方不明者もひっくるめ、連続失踪事件になっているかということだ」

「これまでの行方不明者含め、あやかし関連の事件に巻き込まれてるかもしれないってことですか」

俺の言葉に戸塚さんは、大きく頷いた。

「あのタイミングで土蜘蛛の封印が解かれたことも気がかりだ。なんだか嫌な予感がする」

「でも上からは関わるなっていわれたじゃないですか。あんな奴ら好きにさせときゃいいんですよ。どうせいざとなったら稔さんに泣きついてくるんだし」

苛立たしげに九十九さんはずるずると麺を啜る。

「その土蜘蛛ってそんなにヤバイやつなんですか？」

「東京幽世にはそれぞれ縄張りを持つ二大勢力があったの。土蜘蛛がそのうちの一人だったらしいよ」

「え、じゃあ今その土蜘蛛がいないってことは……下の幽世は一人のあやかしが縄張り押さえてるってことですか？」

「そう。それが我らがヒバナの姐さんだよ」

「へぇ、ヒバナさんが……ってぇ!?」

思わず大声を出してしまった。周囲から突き刺さる冷たい眼に俺は視線を下ろす。

「ヒバナさんってそんな凄い人だったんですか」

「そうでもなかったら、彼女は幽世中に蜘蛛の巣を張り巡らせておけるはずがないだろう」

小声で話す戸塚さん。俺は肩を小さくしながらなるほどと相づちをうつ。

「なんでそんな凄い人が特務課にいるんですか？」

『戸塚が口説き落としたんだよ』

待ってましたといわんばかりににやけ顔でこがねが現れた。うりうりと彼女が戸塚さんの肘を小突いていると彼は迷惑そうに眉を寄せた。

「語弊があるいい方はよせ」

「ボクは三日三晩の激闘の末、戸塚さんが姐さんを屈服させたって聞いたけど」

「屈服……」

話が飛び火しすぎて何が何だかわからない。

「話が盛られすぎなんだよ。ほら、さっさと食べて帰るぞ」

話題をごまかすように戸塚さんはスープを一気飲みして席を立った。

「ずるい、話ごまかした」

「それ以上追及するならこっちに置いていくぞ」

さっさと伝票を持って会計に行ってしまう上司に、俺たちも急いで丼を空にして席を立った。

＊　＊　＊

「いやぁ、美味しかったね。こっちのご飯も美味しいけど、なーんか味が人間寄りじゃないんだよね」

『当たり前だろう。こっちはあやかしのための食事なのだから』

お腹をさする九十九さんにこがねが返す。

昼食後、幽世に戻ってきた俺たちは本部への道を歩いていると一人のあやかしが駆け寄ってきた。

「ちょっと、戸塚のダンナ！」

突然商店街のおばちゃんが慌てた様子で声をかけてきた。

「屋敷が大変だよ！　偃月院が来てる！」

「なんだと？」

聞くが早いが、戸塚さんは急いで駆け出した。四十代とは思えない足の速さだ。ワンテンポ遅れ、俺と九十九さんも慌てて戸塚さんの後を追いかけた。

「戸塚様！　黄金《こがね》様っ！」

門に入るなり駆け寄ってきたのは百目鬼《どどめき》ちゃん。彼女がこんなに慌てるなんて、これはただごとではなさそうだ。

「僕たちだけでラーメン食べて怒ってるって感じじゃなさそうだね」

『ふざけておる場合か！　百目鬼。なにがあったのだ』

「偃月院のアズチと名乗る方が現れて……ヒバナ様が！」

百目鬼ちゃんの言葉を聞いた瞬間、戸塚さんは目の色を変えて中庭を突っ切って本部へ向かった。その後を俺たちも慌てて追いかける。

「ヒバナ！」

土足のまま縁側に上がり、戸塚さんはすぱんと障子を開ける。

「稔……」

そこにはヒバナさんが編笠を被った偃月院の式神集団——朧衆《おぼろしゅう》に囲まれていた。

「ここは公安局特務課の領域。偃月院であろうとも俺の許可なく立ち入ることは禁じられている。一体なんの用だ」

感情のない彼らを戸塚さんは殺気だった瞳で睨みつける。

「用があるから来たんだよ、人間」

朧衆の中心。ヒバナさんの向かいから聞こえた青年の声。

朧衆が道をあけると、そこには四つの赤い目が並んだ、長髪を一つに結い上げた美しい青年が立っていた。

「人間嫌いだと名高い君がわざわざこんなところに来るなんて珍しいな。アズチ」

「相変わらず口の利き方がなっていないな人間。そういうところに虫唾《むしず》が走るんだ」

「おあいにく、俺も君のことが好きではないんでね」

アズチと呼ばれた男と戸塚さんはどうやら面識があるようだ。互いに憎まれ口を叩きながら攻防が続いている。

「それで。俺の部下に一体なんの用だ」

戸塚さんは相変わらずのポーカーフェイス。だが、その声音には敵意が籠もり本部内の空気は凍り付いていた。

「鬼蜘蛛《おにぐも》ヒバナを拘束しにきたんだよ」

アズチの発言に戸塚さんの眉間に皺《しわ》が寄った。

「ヒバナを拘束？　一体どういうことだ」

「現世で起きた連続行方不明事件の重要参考人だ」

「……なんだと？」

戸塚さんは驚いてヒバナさんを見る。

「だから私はなにも知らないっていってるでしょう！」

「話は本部で聞く。連れて行け」

アズチの命令で朧衆が乱暴にヒバナさんの腕を摑んだ。

「彼女に触れるな！」

「女の子に乱暴する奴は地獄に落ちるって知らないの？」

戸塚さんはすかさずヒバナさんを摑んだ朧衆の腕を捻り上げ、俺と九十九さんは即座に動き、ヒバナさんを守るように前に立つ。

「邪魔立てするならお前たちも処分対象だぞ、人間ども」

「申し訳ないが事情を全く理解できない。特務課局員たちの監視責任者として理由をお聞かせ願おうか」

俺たちを諫《いさ》めるように戸塚さんは手を挙げ制した。それと同時にアズチも朧衆に合図を送る。すると彼らは煙のように姿を消した。

「我々偃月院は先刻、幽世公安局から行方不明者捜査の要請を受けた。それにあたり現世の歌舞伎町とやらの残滓《ざんし》を調べたところ……蜘蛛の糸が発見されたようだ」

「蜘蛛の糸？」

「然り。故に偃月院は鬼蜘蛛ヒバナが事件に関わっているのではないかと踏み、事情聴取のため偃月院本部にご足労願いにきた……というわけだ」

「お言葉だが、それは有り得ない。何故ならあの騒動の中、ヒバナはこの本部にいた」

「ああ、そうだろうな。貴様らがここを出たときは、確かにここにいただろう」

淡々とした戸塚さんをあざ笑うようにアズチは嫌らしく頬を緩める。

「だが、その後は？」

「——貴様、まさか」

試すような言葉に戸塚さんはなにかに気付いたように息をのんだ。

「そうだ。わからないはずだ。何故なら現世歌舞伎町での任務時、特務課課長戸塚稔並び、九十九恭助《きようすけ》、西渕真澄《ますみ》、百目鬼の四名は現世での任務に当たっていた」

「三海《みうみ》とシロくんがいたはずじゃない？」

九十九さんの指摘にもアズチの笑みはくずれない。

「烏天狗《からすてんぐ》三海、天狐神白銀《てんこのかみしろがね》両名は幽世に妖魔が現れその対処に当たっていた。鬼蜘蛛ヒバナの命令でだ」

「……つまり」

「そうだ。鬼蜘蛛はこの本部で一人になる時間があったということだ」

その言葉にヒバナさんは首を横に振る。

「違う！　あの時幽世弐番街《にばんがい》に妖魔が出たと、子供たちが教えてくれたから。三海と白銀を送った。その後、私は決して本部を動かなかった！」

「それを証明する者は？」

「……っ、それはいないわ。いるわけないじゃない！」

悔しそうに狼狽《うろた》えるヒバナさん。

「ヒバナは俺の許可無く外には出られない」

「そうよ！　私は稔を絶対に裏切ったりしない！」

「といえども、監視役の戸塚稔は罪人百目鬼、ヒバナ両名に甘いらしいではないか？　寛大な人間だこと——」

「俺の目の前で部下を咎人《とがびと》呼ばわりするとはいい度胸だ。もう一度いってみろ」

「……っ」

戸塚さんが殺気を放つと、アヅチははじめて言葉を詰まらせた。

「第一、蜘蛛の糸というのであればもう一名該当者がいるだろう。あの夜、現世から消息を絶った土蜘蛛だ」

「土蜘蛛の所在は不明で偃月院が捜索中だ。残滓も感じられないことは確認されている」

きっぱりといい放つアズチに戸塚さんは舌打ちした。

「というか、姐さんは幽世にいたっていうのにどうやって現世から人を消すんだよ。無理難題にもほどがあるでしょう？」

相手が怯んだ隙に飄々《ひょうひょう》と九十九さんが援護射撃に回る。

「彼女は幽世中に糸を張り巡らせているだろう。ならば一束くらい糸を現世へ出すことも可能だろう」

アズチは余裕の笑みを崩さない。でも、あともう一押しだ。なんとしてもヒバナさんを守らないと。彼女が人間を襲うはずがないんだから。

「もし仮にヒバナさんが犯人だったとして。現世の人間を襲って彼女に何の得があるんです？」

俺がそういった瞬間、部屋の空気がしんと静まりかえった。

どうしたんだと周囲を見渡していると、目の前から押し殺した笑いが聞こえてきた。

「っ、く！　あははは っ！　まさか人間のガキから助け船をもらうとはな！」

アズチは腹を抱えてゲラゲラと笑いだした。

「あるんだよ！　この女には人間を襲う理由が！　なにせ前科があるからなあ？　なあ、人食いのヒバナ？」

「……っ！」

ヒバナさんは狼狽え、目を泳がせた。前科？　一体何の話だ。

「それは有り得ない。何故なら彼女は俺と——」

「もういいわ、稔。こいつらになにをいったって聞く耳を持ちやしないんだから」

ネクタイに手をかけた戸塚さんをヒバナさんは諦めたように制した。

「……わかったわよ。偃月院の指示なら従うわ」

「ヒバナ！」

戸塚さんが腕を掴むが、それをヒバナさんがやんわりと押さえる。

「稔、大丈夫よ。すぐ帰ってくる。心配しないで。だって、今回は絶対に無罪だもの」

微笑むと、ヒバナさんは戸塚さんの横を通り過ぎアズチと共に姿を消してしまった。

「戸塚さん、追いかけなくていいんですか！」

「……くそ。はめられた！」

大きな音がしたと思えば、戸塚さんが感情を荒らげながら机に手を打ち付けていた。

部屋は静まりかえっている。あの九十九さんですら、なにも言葉を発さなかった。

「おいおいおい、今優月院が来てなかったか?」

「なにかあったの?」

タイミングよく見回りに行っていた三海としろがねが部屋に入ってくる。

「ヒバナ様が優月院に連行されていきました」

「はあ? なんでまた……」

百目鬼ちゃんが事情を説明すると二人は信じられないと目を見開いた。

「現世の人間の連続行方不明事件の重要参考人だそうだ」

「ああ……そうか」

三海もしろがねも重苦しい表情で頭を抱えていた。

「なんだよ……どうしたんだよみんなして」

みんなが沈んでいる意味が俺にはわからない。

『いつかいったろう。特務課に所属する者は皆それぞれ複雑な事情がある、と』

少女の姿になったこがねが悲しそうに俺を見る。

「あのアズチってやつが、ヒバナさんに前科があるっていってたけど」

「人間を喰った、って噂《うわさ》だよ」

三海が口を挟む。

「ヒバナさんが人間を食った？」

そういえば俺もはじめてヒバナさんに会ったとき『美味しそう』といわれたことを思い出した。

「二十年前、今回と同じように現世の人間が失踪し、妖魔に喰われるという事件が起きた。ヒバナはその容疑者の一人だったんだよ」

苛立ちを抑えるように戸塚さんは前髪をかきあげる。

俺がまだ知らない特務課の過去が少しずつ明らかになろうとしていた。

＊　＊　＊

結局、翌日になってもヒバナさんは戻らなかった。

「不動に頼んで極秘裏に行方不明者の資料を集めてきた」

『今回の件には関わるなと上層部にいわれていなかったか？』

「ヒバナが連れて行かれた。命令に従っている場合ではない。上層部は信用できないし、それにバレなければどうということはない」

本部で開かれた緊急会議。淡々と語りながら戸塚さんは資料を広げていく。

「不動さんがバラす可能性は？」

「それは大丈夫だ。不動はプライドは高いが、口は堅い。下手な局員よりも有能で信頼できる」

資料には行方不明者の写真と消えた場所の位置を示す地図が載っていた。

「歌舞伎町の失踪者を除き、今までいなくなった数は五名だ」

「みんな若い子ばかりだね。男女はバラバラ」

「学校も、住んでる場所も違いますね」

机上の資料を背後からみんなで覗き込む。九十九さんはぱらぱらと写真を捲っていた。

「歌舞伎町でいなくなったのは三十人か。こっちも男女比はバラバラ。若い子が多いけど……まあ、歌舞伎町にいるのは基本若い子だよね」

「行方不明者の共通点といえば……十代から二十代が多いのと、全員が東京都内で消えているということだ」

「いなくなった人間捜して犯人捕まえればいいんじゃないか？　見えるだろ、千里眼なら」

三海が当たり前のように俺を見れば、全員が期待の眼差《まなざ》しを向けてきた。

『無理だ』

俺の代わりにこがねは首を横に振った。

「やろうと思えばできるが、今の真澄にはそこまでの能力はない。不可能だ」

「そこまでいい切るか？　顔もわかるんだし、探そうと思えば……」

『其方は砂場の中から特定の砂を一粒探せといわれて探せるか？』

「……無理だわ」

『だろう？　この東京に一体何人の人間がいると思っているんだ。無理はいわないやめておけ。最悪脳が焼き切れて廃人確定だ』

こがねの脅しにみんなが項垂れた。

「ならヒバナの姐さんが無罪の証拠を地道に探すしかないってことかよ」

「手元にある証拠は歌舞伎町って現場に残された蜘蛛の糸なんでしょう？」

しろがねの言葉に百目鬼ちゃんがおずおずと手を挙げる。

「アズチさんという方が仰っていた蜘蛛の糸の残滓は現世にあったんですよね？」

「ああ。ここの地図に点々としている」

戸塚さんが地図を指さす。

残滓が見つかった場所にマークがしてあった。どれも頼豪さんが張っていた結界内だが、その場所は疎《まば》らだ。

「つまりヒバナさんが一人ここにいながら、蜘蛛の糸を操って人を幽世に引きずり込んだということですよね？」

「偃月院がいうのはそういうことなのだろう」

「ちなみに、歌舞伎町の真下は何番街ですか？」

「玖番街だ。歌舞伎町と同じように賑わっていて、くせ者のあやかしが多い場所だ」

「それなら、その中に犯人がいる可能性もあるってことですよね。なにも蜘蛛のあやかしがヒバナさんだけとは限らないんだから」

俺の言葉に戸塚さんが頷くと、九十九さんが口を開いた。

「なら、現世と幽世。二つ同時に調べてみたらいいんじゃない？」

『歌舞伎町で一気に人が消えたというなら、その地下と地上でなにかが起きたはず。幾ら二つの世界が上下で繋がってるとはいえ、人を現世から幽世に引きずり込むのを誰にも知られずにやるなんて不可能だろう』

「黄金のいうとおりだ。もし人間が幽世に来たなら絶対に偃月院が気付くはずだ」

こがねとしろがねが怪訝そうに眉を顰める。

「ですが……闇雲に探すのは不可能だと黄金様が仰っていましたよね」

「西渕。なにかアテはあるのか？」

戸塚さんに尋ねられ、俺はにやりと笑った。

「ええ。一人だけ。確証があるわけじゃないんすけど……」

　資料にあった一人の青年の写真を指さす。

「小川朋之《おがわともゆき》――彼、東大生みたいですね」

　真面目そうな好青年。彼の情報には十九歳、職業は学生。おまけに東大だ。それだというならアテはある。

「もしかしたら俺の弟がなにか知ってるかもしれない」

＊　＊　＊

「――で、またきたの？」

　そして俺は再び現世にやってきた。向かいには弟の真咲《まさき》が不服そうに座っている。

　ここは東大からほど近い場所にある喫茶店。

　弟と会うのは、鼠小僧改めハヤテの囮捜査騒動以来だ。

「なにしにきたの。この間のこと忘れたとはいわせないよ」

『……その節は誠に申し訳ないことをした』

　俺の隣に座るのは少女の姿になったこがね。彼女はそれはそれはしおらしそうに深々と頭を下げる。当然周囲には見えてないが、真咲には彼女の姿はバッチリ見えている。

女の子に謝られてなにも感じないほど、真咲は悪いヤツではない。

「この間のことは本当に悪かった。捜査情報だから色々話せない事情もあったんだよ。で、その詫《わ》びもかねて……飯でもどうかな、と」

真咲はそれはそれは大きなため息をついて席の脇にあるメニューを手に取った。

「好きなもの好きなだけ食べていいんだね？」

「それはもう、どうぞ。お好きなだけお食べ下さい」

あの夜、かなり荒らされた真咲の部屋。閉め出された俺たちはそのまま幽世に帰ったから、真咲は一人であの後始末をしたのだろう。

それならそれに見合うだけの詫びはしなければならない。

少しして真咲は店員さんを呼び出した。

「すみません。日替わりランチのCセット。ライスは大盛りで。あと、厚焼きホットケーキを一つと、フルーツパフェ。それからクリームソーダ」

「……そんなに喰うの？」

「悪い？」

じとりと睨まれれば俺は首を横に振るしかない。

真咲はかなりの大食いだった。彼はかなり燃費が悪く昔から人の三倍の量を食べている。だからいつも飯を奢るときは食べ放題にしていたというのに——抜かった。

「まあいいよ……今日は好きなだけ喰え。そのかわり、一つ聞きたいことがあるんだ」

「結局それかよ。いいよ、ご飯代ぐらいは答えてあげる」

先に運ばれてきたクリームソーダのアイスをすくいながら真咲は話を促した。

俺は懐から小川朋之の写真を取りだし、真咲に見せる。

「この人、行方不明になってるんだけど知らないか？　真咲と同い年の東大生なんだけど」

写真をじっと見た真咲は首を横に振る。

「知らない。東大生何人いると思ってるの」

「でも、同じ学年だろ？　授業で見かけることとか……」

「そんなに人様の顔はっきり覚えないよ。大体マスクもしてるから友達でもなければ見わけもつかないって。俺そんなに他人に興味ないし」

呆れたようにため息をつきながら、真咲は大口でアイスを頬張る。

「だよなぁ……やっぱり駄目だったかあ」

もしかしてと思ったがやはり駄目だった。がっくりと項垂れる。

「急に警察らしいことなんかしちゃってどうしたの」

「いや……仲間がこの行方不明事件に関わってると疑われてな。無罪の証拠を集めようとしてたんだよ」

「それただの行方不明事件じゃなかったの？　犯人がいるってことは誘拐ってこと？」

首を傾げた弟に俺はしまったと口を押さえた。だけど、一度口をついたものは戻せない。ああ、捜査機密はこうして漏れていくのか。

「この間の歌舞伎町通行止めの事件、結局原因はなんだったの。トゥゲッターでも変な噂あがってるし」

真咲が見せてくれたスマホには、先日の歌舞伎町での投稿が幾つもあった。

《スーツ姿の人に見張られてビルの中に閉じ込められた！》

《なんか外でお化けみたいなのうろうろしてるんだけど》

やはりあの繁華街で誰にも知られずに……なんてことは無理だったようだ。まあ、写真が漏洩《ろうえい》されていないだけまだマシか。そこは公安局がどうにか頑張ったんだろう。

「あー……まあ、その色々あったんだよ。本当に色々」

説明するのも面倒だ。どうにか察してくれ、と真咲にいうと彼は呆れたように肩を竦めた。

こういう事態が起きたときのために公安局には関係者の記憶を消す、記憶操作班というものがあるらしいが……今回ばかりは人数が多かったため、情報が上手く消しきれなかったらしい。

「色々いえないことがあるんだよ」

「……ま、そうだよね。俺も詳しくは聞かないよ」

そうこうしていると、注文した料理が次々と運ばれてくる。

見ているだけで胃もたれしそうな量を、真咲は頬張り始めた。

「で、また何日かこっちにいるの？」

「いや。今日は泊まらないで戻る。歌舞伎町に行ってみようと思ってな」

『現場に行けばまたなにかみつかるかもしれないしな』

こがねと今後のことを相談しようとしていると、真咲が手を止めた。

「なら、俺も付き合うよ」

「は？」

「どうせ暇だし」

「まじで？　なんの気まぐれ？」

突然の申し出に目を瞬かせた。一体どういう風の吹き回しなのか。真咲はこういう面倒事に巻き込まれるのを一番嫌っているというのに。

「社会見学？　兄さんがどんな仕事してるか気になるし。それに、最近は俺のほうがこっちの事情に詳しいみたいだしね」

意味ありげな視線を送られるとなにもいえない。確かに俺はここ最近の現世の情報には疎すぎた。この東京はすぐ景色が変わる。たった数ヶ月離れただけで、そこにあったはずの店がなくなってたりなど平気で起こるから。

「じゃあ、頼むわ。頼りにしてるぜ真咲クン」

「了解。じゃあ今食べ物追加しちゃうからちょっと待ってて」

「え、まだ喰うの？」

『其方の弟の胃袋は底なしなのか……』

啞然とする中、真咲は再びメニューを手にし注文する。

見ているだけでお腹がいっぱいになりそうなほどの量を、真咲は綺麗に平らげた。

そして俺の財布は危うくすっからかんになるところだった。クレジットカード持ってきててよかった。

＊　＊　＊

歌舞伎町に到着した頃には夕方になっていた。これからこの街はより一層人が多くなってくる。

『凄いな、ここの賑やかさは幽世とそう変わらない』

「まあ、本当はもっと賑やかなんだけどな」

ネオン輝く街並みに目を輝かせながらこがねは楽しそうに先に進んでいく。

「ええと……とりあえずあの大宝ビルまで」

「どこに向かうの？」

一番街通りを並んで歩く。真咲は俯きながらポケットに手を入れて歩いている。

「おい、大丈夫か。お前人混み苦手だろ。わざわざ無理してこんなところこなくても」

「へーキ。それに、また兄さんが変なことに巻き込まれても困るし。見張りだよ」

弟の小言を聞き流しながら歩いていると、こがねが足を止めた。

「ちょっとそこの美人さん、居酒屋行きません？」

「なっ……」

キャッチが声をかけたのはなんとこがね。俺たちは驚いて目を瞬かせた。

『其方……私の姿が見えているのか？』

「なになにお姉さん、ソッチ系？　あーでも、確かに狐耳とかつけちゃっておまけに和服だし……なに、そういうコスプレ？」

『失礼な。私は高位の天狐だぞ！』

多分、このキャッチ。自分があやかしを見えることに気付いていない。

周囲の人が奇妙な目で彼を見つめては通り過ぎていく。

「あー、ごめんねお兄さん。この子、俺らの連れなんで！　ささ！　行くぞ！」

「あ、ちょっと！」

俺はこがねの肩を押し、足早にそのキャッチと距離を取る。

『あの男、私の姿が見えているぞ！』

「たまにいるんだよ。自分が見えてるモノが生きてる人間なのかそうじゃない人間なのかわからない人」

ちらりと後ろを確認すると、あのキャッチは今度は普通の人に声をかけたようだ。

だが、普通の人にはこがねの姿は見えていない。

通行人は怪しいモノを見る目で、さっとキャッチの側《そば》から離れていってしまった。

「なんだよぉ……」

肩を落とすキャッチの背中が見える。

「……人間は自分と違う人間には厳しいものだよ。でも、気付かないなら気付かないで幸せかもしれないね」

真咲は忌々しそうに呟きながら、足早に先に進んでいった。


キャッチから離れ、俺たちは中心街にある大宝ビル前に来た。

あの時と同じ巨大怪獣が俺たちを見下ろしている。

「ここで、一人消えてるな」

『私たちが頼豪に会ったところだな』

ぼんやりと空を見上げる。するとキラリと光るなにかが見えた。

「なんだあれ？」

なんだか光る繊維のようなモノが宙に漂っている。

ふわふわと漂うそれに手を伸ばすと、触れた瞬間ぷつりと切れた。

まるで綿菓子の繊維みたいだ。

周囲を見ると、同じような黒い糸がふわふわと漂っている。でも気付いている人はいない。皆なにも気付かず、その糸に触れて歩いていく。

ぷつりと糸が切れたり、ふわりとその人にくっついていったりと様々だ。

『あれは一体なんなのだ』

「わからない。でも、俺たちにしか見えてないぞ。真咲、お前も見えてるか？」

「ああ、見えてるよ。色んなところにふわふわ漂ってる」

「この糸が現場にあった残滓ってことか？」

『恐らくそうだろう。現在進行形で残っているというのに、なぜ公安局は動かないのだ』

「兄さん！」

話していると突然真咲に肩を叩かれた。

慌てて振り向くと真咲は来た道を指さしていた。

「あれ！」

「あれって……さっきの」

そこにいたのはさっきのキャッチの青年だった。

「ねえねえ、お姉さんずっと立っててどうしたの？　いい店あるんだけど行かない？」

道の外れの暗がりに、ぽつんと女の人が立っている。顔は長い前髪で隠れていた。

明らかに異質なソレにキャッチはなにも気付かず声をかけている。

「あれ……ヤバイやつだ。早くここから離れよう」

真咲が顔を青ざめさせながら俺の腕を摑んだ。

何度もいうようだがコイツは霊感がとても強い。だが、霊に対処する術はなにも持ち合わせていなかった。だからこうしてヤバい奴と遭遇した時は、俺に教えてすぐにその場から離れることにしていた。

『真澄。あれは妖魔だ。恐らく、先日の生き残りだろう』

「マジかよ……」

よく見ると、女の背後に黒いモヤが漂っているのが見えた。アレはタダの妖魔じゃない。かなりたちが悪いタイプだろう。

「お、ついてきてくれる？　助かったよ～みんなに避けられて困ってたんだよね。

じゃあ、案内しまーす！」

　ここで女が動いた。こくりと頷いてキャッチの青年と一緒に歩いていった。

　恐らく人気のないところに連れ込んでなにかするつもりなのかもしれない。

『あの青年はどれだけ鈍感なのだ！』

「とにかく助けないと」

　二人の後を追おうとすると引き留められた。

「まさかアレに関わる気⁉　絶対ダメだ、碌なことにならない！」

　真咲は怯えた目で女を見つめている。

　俺はこれまで何度も真咲のこういう姿を見てきた。あの頃の俺はなにも見えなくて、真咲の傍にいることしかできなかった。けれど、今はちゃんとした力がある。もう、なにもできない俺じゃない。

「大丈夫だよ。それに、危ない目に遭う人を見捨てられねえよ」

「それはそうだけど！」

「いいから。お前はここで待ってろ。なるべく明るくて人が沢山いる……そうだな、そこの喫茶店にでも入っとけ」

「兄さん！」

「いいか⁉　俺が連絡するまで絶対動くなよ！」

すぐ近くにあったチェーン店を指さして、俺はキャッチの後を追った。

『真咲を放ってよかったのか？』

「ああ。アイツは昔からああいうのに影響を受けやすいから、やべえのがいたら遠くに離すのが一番なんだ」

『其方があやかしを見ても驚かなかったのは弟の影響か』

ちらりと振り返ると、真咲は指示通りに喫茶店に入ってくれていた。

その顔は真っ青で一人にするのも申し訳ないが、今は仕方がない。一人きりでいるよりもああいう賑やかな場所の方が悪いものは寄ってこないだろうから。

『しかし人間に危害を加えそうな妖魔がいるというのに、何故公安局は動かない』

「さあな、行方不明者の捜索で忙しいんじゃねえの？　あ、もしもし戸塚さん——」

俺は青年の後を追いながら、戸塚さんに連絡を入れた。

そして後を追っていくとどんどん人気のない道へ進んでいく。とうとう路地裏の行き止まりに来てしまった。

「ねえお姉さん、寄りたいところってどこ？　こんなとこなにもないよー」

俺たちは建物の陰に身を潜めた。

明らかに異様な空気だというのに、キャッチはまだ己の身の危険に気付いていないようだ。本当にどこまで鈍感なんだ。

すると、妖魔の女は物言わずキャッチに抱きついた。

「ちょ、ちょっと……そういうの困っちゃうんだけど……」

青年は戸惑いながらも手をわきわきと動かしている。まんざらでもなさそうだ。

女はさらに青年の背中に手を回す。そして思い切り抱きしめ、風が吹いた瞬間髪がまいあがりその顔が露わになった。

「あんた……ばかねェえええええっ！」

「――へ？」

耳元までばっくりと口が裂け、そこから現れる巨大な牙。顔に並ぶ蜘蛛のような大量の目、そして背中から突き出た蜘蛛の足は青年の体をがっちりと摑んで離さない。

「え……えっ!?」

「いただきマぁす！」

「アイツが犯人か！」

『女郎蜘蛛め！』

蜘蛛女が青年の首筋にかみつく直前、俺は表に飛び出した。

抉れるほどに地を蹴って蜘蛛女目がけて飛びかかる。

「させるかよおおおおっ！」

蜘蛛の毒牙が青年に突き刺さるよりも早く、俺は女の口の中に拳をねじ込んだ。

そのまま後ろの壁に思い切り押しつける。

『真澄！　無茶をするなこのバカ！』

腕に牙が突き刺さる音がしたが、人命が失われるよりはマシだろう。

「なにしてる、さっさと逃げろ！」

「ひっ、ひぃぃいいっ！」

背後で腰を抜かしてた男に叫ぶと、彼は大慌てで逃げていった。俺を怖がったのか、目の前の妖魔を怖がったのか定かではない。

「よぉ……ウチの超美人な鬼蜘蛛様に罪被せたのアンタかよ」

「なんの話だ。わたシの邪魔を、するなああアあああっ！」

その瞬間、女は口から糸の束を吐き出した。

大量の白い糸が視界をふさぎ、俺は女から距離を取る。

「私ハ、人間を喰って力をツケル！　あの者の傀儡《かいらい》じゃなイ！　ようやく外の世界にでられタ！」

「お前なにいってんだよ。さっさとしょっ引いてヒバナさん解放してもらわないといけないから、大人しくしてくれよ」

「オマエが邪魔をした！　数百年ぶりの食事の邪魔をしたあああああっ！」

『数百年？　もしかしてこの妖魔——真澄、ちょっと待て！』

こがねが俺を止めようとした瞬間だった。

「――っぐ、あっ！」

突然妖魔が苦しみ始めた。喉を掻きむしるようにもがき苦しんでいる。

「お、おい……どうしたんだよ」

『真澄！　千里眼を開け！　今すぐだ！　急いでその女の元を辿れ！』

こがねが慌てたようにそう命じる。

「か、開が――」

ワケもわからずいわれるがままに千里眼を開こうとした瞬間だった。

目の前の妖魔が口から大量の糸を吐き出した。いや、自分が出しているのではない。まるで体内からなにかに食い破られるみたいに、真っ黒い糸が口から噴き出した。

「――が、あ」

女はそのまま地面に崩れ落ちる。背中の足がぴくぴくと動いていたが、そのまま塵のように崩れ去った。

「……死んだ、のか」

『恐らく。何者かがこの妖魔を口封じしたのだろう』

「じゃあ、他に黒幕がいるっていうのか!?」

『この女の糸は白い。私たちがみた糸は……黒だ』

あの妖魔を食い破った黒い糸を摑もうとすると、それは暗い地面に溶け込むように消えていった。

「――消えた」

『これは一度幽世に戻って戸塚に報告した方がいいだろう』

「なら、真咲を一度――あ、まずいなこれ」

ちらりと腕を見ると、さっき蜘蛛女の牙が刺さったところから出血していた。

「真咲に怪我がバレると面倒臭いな。適当に電話でごまかしてここで帰るか」

持っていたハンカチで腕を止血しながら真咲に電話をかけた。

「もしもし、真咲か」

『――兄さん。そっちは大丈夫なの？』

「おう。こっちは無事片付いた。でも、たった今緊急招集がかかっちまって行かなきゃならなくなったんだ。なるべく人通りが多いところを選んで気をつけて帰れよ」

『はあっ⁉　いきなりここで解散？　兄さんまさか何か隠して――』

「本当悪いな。埋め合わせは今度するから、じゃっ！」

勘が鋭い弟になにか突っ込まれる前に俺は急いで電話を切った。

『よかったのか？』

心配そうにこがねが俺を見上げている。

また怪我を見られたら余計な心配をかけるだろうし、それにこれ以上真咲をこの事件に関わらせないほうがいい気がした。

「アイツも散々痛い目あってるから、危ない橋は渡らないだろう。早く帰ろうぜ」

そして俺たちは真咲と別れ、真っ直ぐ幽世に帰ることにした。

＊　＊　＊

「ただいま帰りました」

急いで幽世の特務課の屋敷に戻ると、本部では既にみんなが勢揃いしていた。

「西渕、黄金。ちょうどよかった。帰ってこなければ今連絡をしようとしたところだった」

『なにかあったのか？』

「それが玖番街に巨大な蜘蛛の巣が張り巡らされていたんだよ」

しろがねが深刻そうに話す。

「玖番街だけではありません。他にも幽世の様々なところに蜘蛛の巣が張られているのが見えました」

「……それになんの問題が？」

百目鬼ちゃんの言葉に首を傾げる。蜘蛛の巣があるだけならなんの被害もないんじゃないだろうか。

「ところが、大問題なんだよ。ほれ、天井見てみろ」

三海が天井を指さした。それを追って顔をあげて目を瞬かせた。

「ヒバナさんの、蜘蛛の巣が……」

特務課本部の天井にはヒバナさんの蜘蛛の巣が張り巡らされている。幽世に異変が起きると、蜘蛛の巣が揺れそれに連動するように下がっている鈴が鳴る仕組みだ。

ところがどうだ。天井にあるはずの蜘蛛の巣が一つもない。

そして視線を落とすと、座卓の上にはぶら下がっているはずの鈴が沢山のっていた。

「元々この東京幽世にはヒバナが蜘蛛の巣を張り巡らせていた。つまりは、ここは彼女の縄張りだったんだよ。それを、何者かが奪おうとしている」

「じゃあ、ヒバナさんが偃月院に連れて行かれたのって……」

「もしかしたら罠かもしれないな」

戸塚さんが眉間に皺を寄せる。

「あ、そういえば真澄くんも現世でなんかあったんでしょう？　妖魔がいたとかって話きいたけど」

九十九さんに尋ねられて俺は現世での出来事を思い出す。

「ああ、そうなんですよ。現世にも蜘蛛の糸が――っ」

その瞬間、ぐらりと視界が歪んだ。

足から急に力が抜けて、座り込む。右腕からぼたぼたと液体が垂れる嫌な音がした。

「――は？」

手首から有り得ない量の赤黒い液体が垂れていた。袖口が真っ赤に染まっていて、捲ってみるとそこには牙の跡が二つ。

『真澄！』

こがねの声が聞こえた瞬間、俺はその場に倒れた。

畳に血が広がっていく。手首が有り得ないほどドクドクと脈を打って痛み出す。

なにが起きたか理解できなかったが、思い当たることはあった。

あの蜘蛛だ。キャッチを助けるために俺は蜘蛛の口の中に拳を突っ込んだ。その時牙が手首に刺さったんだ。

蜘蛛には毒がある。そんな当たり前のことも忘れていた。

「――や、べ」

意識が保っていられず、みんなの心配そうな声を聞きながら俺は意識を手放した。

――ああ、真咲は無事に家に帰れただろうか。それだけが気がかりだった。

＊　＊　＊

暗闇の中で声が聞こえる。

「助けて！　助けてくれ！」

悲鳴が響きわたる。その後に聞こえるのは咀嚼《そしゃく》音。柔らかい肉を食いちぎるような、固い骨をかみ砕くような。気味の悪い音だ。

これは夢だろうか。

「約束が違うじゃない！　私は気に入った子を集めていただけだというのに！」

もう一つ、聞き慣れた声がした。

「お主とていつかは喰うつもりだったのだろう？　それが遅いか早いかだけの話」

「……っ、屍。あなた、この私を嵌めたわね」

悔しそうな声。だけど、人の姿は見えない。

ふと、視線を上にやる。するとそこには巨大な蜘蛛の巣に巨大な繭が幾つもぶら下がっていた。

「……っ」

目を開けると自室の天井が広がっていた。

体を起こすけど酷い目眩《めまい》に襲われてそのまま布団に倒れ込む。そこでようやく自分の状況を確認してみると、スーツから寝間着に着替えさせられていた。

「今何時だ……」

枕元にあったスマホを見るとあれから丸一日経っていた。通知には真咲からの着信やメッセージで溢れている。こりゃあ後で説教コース不可避だろう。

「アイツも本当心配性だよな……」

「──あ、目が覚めたようですね」

扉が開き、視線を移すとそこには百目鬼ちゃんが立っていた。

「百目鬼ちゃん……俺は一体」

「妖魔の毒にやられて丸一日眠っていました。血清を打って毒は浄化されましたがかなりの出血と発熱も酷かったのでしばらく大人しくしていて下さい。それに──」

『真澄、私は今日はダメダメの日だ』

頭の中で気怠そうなこがねの声が響く。この異常なまでの体の重さで全てを察した。

「そうか、今日は新月か……」

「はい」

俺の中に宿るこがねは月の満ち欠けによって妖力が影響される。彼女は満月のときが最も強く、新月のときは下級のあやかしと同じ程度まで弱体化してしまう。

それにあわせ、半妖の俺の体も一時的にただの人間の体に戻ってしまうんだ。

「雑魚の毒は効かないはずなのに、こんなことになったのは月が欠けてたからか」

油断した、とため息をつく。俺の右腕は包帯でぐるぐる巻きにされている。

「ええ。あと一日ずれていたら黄金様もろとも死んでましたよ。そうなればあたしは西渕さんを地獄の果てまで追い回します」

頭上から視線を感じ天井を見るとそこには百目鬼ちゃんの大きな目玉がぎょろりと張り付いていた。どうやらこれで俺たちの様子を監視していたらしい。

こがね様が大好きな百目鬼ちゃんは新月になるといつも以上に過保護になる。

「右腕はかなり腫れています。しばらく戦いは難しいかもしれませんね」

「他の人たちは？」

「戸塚様は現世の公安局本部に向かわれました。その他の皆さんは見回りついでに幽世中に張り巡らされた蜘蛛の巣の除去に」

みんな忙しそうに動き回っているらしい。ただでさえ大変な状況なのに下手をうって足を引っ張ってしまっているのがたまらなく申し訳ない。

「無理に動こうとしないでくださいね。九十九様や戸塚様と違って人間の真澄さんでは足手まといにしかなりませんから」

「……はい」

厳しい言葉に俺は大人しく従うしかなかった。百目鬼ちゃんはせっせと腕の包帯を取り替えてくれた。

ふと違和感を覚えた。俺の腕に触れる百目鬼ちゃんの腕が心なしかいつもより細いような……。

「百目鬼ちゃん、なんか疲れてる？」

百目鬼ちゃんははっとして顔をあげた。目隠しのすき間から僅かに見える肌は不自然なほどに青白い。彼女は迷いがちに口を開閉させたが、誤魔化さず弱音を零してくれた。

「ヒバナ様が不在なので」

戸惑いがちに彼女は天井を指さした。それを追うと、天井には無数の目が現れており、ここではないどこかを見るようにキョロキョロとせわしなく動いていた。

「……な、なにこれ」

「ヒバナ様の代打です。これで幽世中を見張っています。もし、妖魔が出てもすぐ対応できるように」

「――まさか、一人で!?　二十四時間ずっと!?」

俺の問いかけに百目鬼ちゃんはこくりと頷いた。

糸に触れるだけで察知できるヒバナさんの蜘蛛の巣とは違う。これは例えるなら手動の監視カメラだ。

信じられない。幾ら沢山の目があるからって、それを処理するのは百目鬼ちゃん一人だ。幾らなんでも無謀すぎる。

「皆さんには止められましたが……外に出られないあたしは、これくらいしか役に立てませんから。ヒバナ様が不在の間くらいは、あたしがしっかり幽世を守らないと」

包帯を巻き終えた百目鬼ちゃんはぎゅっと拳を握りしめた。

彼女がこんな気持ちを吐露するなんてめずらしい。いつもはヒバナさんと二人でこの屋敷で俺たちの帰りを待っていた。でも今はたった一人。俺よりもずっと長く生きてはいるけれど、百目鬼ちゃんはか弱い女の子。辛《つら》いこともあるだろう。

『百目鬼。一人で抱えようとするな。ここには仲間がいるのだから』

「そうそう。もし妖魔が出ても三海たちがなんとかしてくれるよ。それに九十九さんなんて喜んで飛び出していくんじゃないか？」

戯けて笑うと百目鬼ちゃんがつられてくすりと微笑んだ。ようやく肩の力が抜けたようでよかった。すると、目の前からくう、と腹の虫の声が聞こえた。

「……すみません。なにも食べていなくて」

その正体は百目鬼ちゃん。かあっと顔を赤らめ俯いた。

「はは、こういうときは俺の出番だな」

よいしょ、と俺は立ち上がり部屋の外へ向かう。

「俺も腹減った。片手だから簡単なものしか作れないけど、一緒に食べよう」

「でも……」

「今日の俺はただの人間だ。千里眼もろくに使えないし、戦うこともできない。それこそ特務課のお荷物状態だけど……俺もできることをするよ」

そして俺は食堂に向かった。

おひつの中には少し冷めた白米。上に氷を入れて冷やすタイプの古い冷蔵庫には余り物の野菜が幾つか入っている。戸棚には梅干しの壺《つぼ》や海苔《のり》もある。

利き手は使えないから少々不便だけど、これなら簡単に良いものができそうだ。

少し冷えたご飯を丼によそいそこに刻んだネギと海苔、そしてとてつもなく酸っぱい大きな梅干しをのせる。後は削った鰹《かつお》で鰹だしを取ってそれをご飯にたっぷりかければ、だし茶漬けの完成だ。

大学の頃から居酒屋でバイトをしていて賄い作りを任されていたことがあった。その経験がここにきて結構生かされている。

「百目鬼ちゃーん、ちょっと運ぶの手伝ってくれる？」

「あ、はい！」

廊下から声をかけると百目鬼ちゃんはすぐにやってきてくれた。そして二人で本部にお茶漬けをのせたお盆を運んでいく。

「美味しそうですね」

「うん。利き手が使えなかったからちょっと具材が大きくなっちゃったけどね。これなら疲れてても食べやすいだろ？」

百目鬼ちゃんは手を合わせると、ふーふーと息を吹きかけ冷ましながらそっとお茶漬けを一口啜る。

「あたたかくて美味しいです」

「喜んでくれてよかった。作ったかいがあったよ」

そうして俺もお茶漬けを啜る。酸っぱい梅干しに思わず眉間に皺が寄る。幽世の食材は現世に比べると味が濃いめだったり大味だったりするけれど、手を加えれば十分美味しく頂けた。

「百目鬼ちゃん、聞いてもいいかな？」

「なんでしょう」

「ヒバナさんが人間を襲ったって噂……本当なの？」

百目鬼ちゃんの手が止まった。

「その頃、あたしたちはまだ特務課の一員ではありませんでした。ですので正確な情報はわかりません。でも、人間が喰われたという事件をきっかけに戸塚様が幽世にやってきて特務課ができたんです」

その話に俺は目を丸くした。

「え、特務課って戸塚さんが作ったの？」

「ええ。戸塚様が事件を解決し、ヒバナさんを仲間にいれ、そして当時偃月院の幹部だった白銀様と黄金様にお声がけをし幽世での立場を得た、と聞いてます」

「は!?　黄金たちが幹部!?」

その衝撃に目を瞬かせる。

『——声が大きい。頭に響く』

苛立ってそうな声が聞こえてる。俺は思わず手で口を押さえた。

「あたしたちが出会った頃には既に戸塚様とヒバナ様は知り合っていました。あたしは修行中で、当時の事件のことはあまり知らされていなかったので……詳しい事情はわかりません」

「そうなのか」

「でも、あたしはヒバナ様が人間を襲ったとは思いません。確かに、過度に人間への興味は強いですが……それでもヒバナ様は一線を越えていないと思います」

「ヒバナは無罪だよ」

その言葉と同時に扉が開く。そこに立っていたのは話題の張本人、戸塚さんだった。

「戸塚さん、いつの間に」

「今帰ってきたんだよ。盗み聞きするつもりはなかったんだが、たまたま聞こえてしまってね」

そういいながら戸塚さんは俺たちと向かい合うように腰を下ろす。

気まずくなりながら「食べますか?」と丼を指さしてみると彼はこくりと頷いた。

「――二十年前。俺がまだ新人局員だった頃の話だ」

なにも聞かずとも戸塚さんは教えてくれた。

「現世で何人もの人間が行方不明になり、惨殺されるという怪死事件が起きた。最初は連続殺人事件として警察が動いていたが……その犯人は幽世のあやかしではないかと公安局が睨みはじめたんだ」

「なんで……」

「被害者は明らかに食い散らかされた痕があったからだよ」

「それでヒバナさんが容疑者にあげられたわけですか」

戸塚さんは頷いてお茶漬けを流し込んだ。

「ヒバナは当時偃月院も手がつけられないほどの強い力をもっていた。それと同じようにもう一人、ヒバナと権力を争っていた者がいた」

「それがあの巻物に封じられていた土蜘蛛の屍ですね」

百目鬼ちゃんの言葉に戸塚さんは頷く。

「確かに当時のヒバナはやんちゃをしていた。現世から気に入った人間を攫《さら》い、コレクションをしていたんだ。それはそれで別途に灸《きゅう》を据えた」

「……まじっすか」

現在戸塚さんに絶対服従しているヒバナさんを見る限り、そのお灸の内容は聞かない方が得策だろう。

「だが、彼女は人間を喰ってはいない。結局は屍が犯人だということがわかり、俺が屍の討伐にあたったんだ」

「倒しきれなかったんですか？」

「致命傷を負わせたが逃げられてしまったんだよ。俺もヒバナとやり合った直後だったからな……だが、まさかずっと封印されていたとは思わなかった」

戸塚さんも獲物に逃げられてしまうことがあるのか、と驚いた。

「被疑者不明ではどうすることもできない。偃月院は公安局を宥めるために全ての罪をヒバナに着せた。そして俺も俺で犯人を取り逃がした責任を負わされ、こっちに飛ばされたわけだ。そこで黄金や白銀と出会い特務課を結成した」

「そういうことだったんですね」

「二十年以上屍の消息は摑めなかった。本当に大人しく巻物に封じられていたかどうかも怪しい。だが――次見つけたら容赦はしない」

目を鋭く光らせる戸塚さんから殺気が伝わってくる。

幽世での穏やかな日常が少しずつ壊れていくような気配がした。

＊　＊　＊

ヒバナさんが偃月院に連行されてから一週間が経とうとしていた。

相変わらず音沙汰もない。そうなるといよいよ幽世や現世にも影響が現れてきた。

ヒバナさんが幽世中に張った蜘蛛の巣は完全に消え、本部天井の鈴は完全に意味を成さなくなった。あれから百目鬼ちゃん一人で幽世中の監視に当たっている。

「あ、あの。伍番街辺りで妖魔が出現した……かもしれません」

「わかった。僕と三海で行くよ」

「お願いします。ええと……転移、ですね」

目隠しを取ろうとする百目鬼ちゃん。現れた目はどことなく疲れ気味だ。

「いい、いい。オレが相棒抱えて飛ぶから、オマエは休んどけ」

「えー。なんで野郎に……っていいたいところだけど。めっきーは休んでおいたほうがいいよ。じゃ、行ってくるよ」

「お二人とも、すみません」

三海はすぐに九十九さんを担ぎ上げ、屋敷の外に飛んでいった。

「……っ」

その時ぐらりと百目鬼ちゃんが机に突っ伏した。

「百目鬼！」

すぐに白銀が駆け寄って、額に手を触れる。

「酷い熱だ！」

『この一週間ずっと一人で幽世を見張っていたのだからな。其方は少し休め』

「ですが……」

起き上がろうとする、百目鬼ちゃんを手で制したのは戸塚さんだった。

「百目鬼一人に負担をかけすぎた。俺の監督不行き届きだ。なんとかするから部屋で休め」

「……すみません」

「ボクが付き添ってくるよ」

百目鬼ちゃんはしろがねに支えられながらふらふらと部屋を出て行ってしまった。

彼女がいなくなると戸塚さんは眼鏡を外し、眉間を摘まみながらふーっとその場に腰を下ろした。

「大丈夫ですか？」

「ああ、といいたいところだが大丈夫ではない。幽世の監視が弱くなったせいで現世にも少しずつ影響が出てきている。俺も始末書だらけだ」

やってられるか、とあの戸塚さんが机にごつんと額をつけた。これはもうただごとではない。

「ヒバナさんはまだ帰ってこられないんですか」

「さあな、俺が聞きたいよ」

その時、戸塚さんの携帯が鳴った。

「――はい、戸塚」

突っ伏したまま電話に出た戸塚さんだが、話がはじまるとすぐに体を起こした。

「ええ。ええ、わかりました。はい――」

電話を切って驚いた表情で俺を見る。

「どうしました？」

「西渕。現世で再び行方不明者が出た」

「え？　ってことはつまり……」

俺たちは目を合わせて、同時に口を開く。

「ヒバナは犯人じゃない」

『では、すぐにヒバナは釈放されるんだな』

俺とこがねはほっと胸を撫で下ろすが、戸塚さんの表情は強ばったままだ。顎に手を当てながら迷ったように俺に視線を送る。

「西渕……頼みがあるんだが」

「なんですか？」

「千里眼でヒバナの居場所を探ってくれないか。本当に拘束されているだけなら、偃月院にいるはずなんだが、嫌な予感がする」

「わかりました」

『探知の仕方は以前教えたたな。やってみるといい』

戸塚さんの勘はよく当たる。俺は中庭に出て、地面に手をついた。

深呼吸をして意識を集中させる。探す目標は鬼蜘蛛のヒバナさん。この数ヶ月寝食を共にしてきたのだから、気配は手に取るようにわかるはずだ。

「――開眼」

両目を見開いた。手を置いた地面から幽世を地図を見るように俯瞰《ふかん》する。

ヒバナさんの気配は上品な赤い色をしている。戸塚さんが教えてくれたとおり偃月院本部周辺を探してみたが――。

いない。偃月院に彼女の気配はなかった。ならもう釈放されてこちらに戻ってくる途中なのだろうか。いや、屋敷周辺にもいない。それなら、幽世のどこかに——。

「いない」

「いない？」

恐る恐る顔をあげると戸塚さんが怪訝そうに俺の言葉を復唱していた。

見間違いかと思ってもう一度目を凝らすが、やはり見えるものにかわりはない。意見を求めるように傍を漂うこがねに目配せすると、彼女も間違いないというように首を横に振った。

「戸塚さん、この幽世のどこにもヒバナさんはいません」

戸塚さんの目が一瞬だけ驚きに揺れた。動揺をごまかすように彼は自分の首元に手を置きながら深い息をついた。

「わかった。百目鬼は白銀に任せ、二人に少し付き合って欲しいところがある」

戸塚さんは本部の奥から刀を持ち出し、腰に差した。

「どこに行くんですか？」

「偃月院だ。こうなったら直接、ヒバナの場所を聞き出すまでだ」

俺たちの横を通り過ぎる戸塚さんの姿を千里眼で見て息をのんだ。

「あれは……怒っているのか？」

『そのようだな……』

口調も表情も戸塚さんはいつもとなんらかわらない。だが、その体にまとったオーラは怒りの感情を示すように赤黒い炎がめらめらと燃えていた。

＊　＊　＊

「——特務課！　なんだ突然、どういうつもりだ！」

ここは壱番街《いちばんがい》偃月院東京支部。

「現世で新たな行方不明者が現れた。よって容疑がかかっていたウチの部下を返してもらいにきた」

ヒバナさんが帰ってこないことに痺《しび》れを切らした戸塚さんはとうとう偃月院に殴り込んでしまった。門前から現れた屈強なあやかしたちを無視して、戸塚さんは屋敷の中をずんずん進んでいく。

「ちょっ、いいんですかこんなことして！」

『其方はどこを目指しているのだ！』

「決まっているだろう。一番奥だよ」

『一番奥って……』

ひゅっとこがねが息を呑んだ気がした。

『待て待て待て戸塚！　一度落ち着いて考え直せ！』

「黄金」

慌てて戸塚さんの前に立ったこがねが固まった。

「黙ってろ」

「ひっ……」

こがねは肩をふるわせ、耳をぺったりと伏せて瞬時に俺の背中に戻ってきた。目配せをすると俯いて首をぶんぶんと横に振っている。多分、今戸塚さんに刃向かったらこっちの命が危ない。

屋敷の中は窓一つなく、橙《だいだい》色の蠟燭《ろうそく》の明かりに照らされた幻想的な場所だった。その屋敷は上にも下にも階層があり、廊下も長い。まるで無限に続くダンジョンの中に迷い込んだ気分だ。

「戸塚稔！　待て！」

「この先は我らが当主の間！　通さぬぞ！」

通路を塞ぐように現れた大きな熊のあやかしが二人。先が刃になったさすまたのような武器を持ち、俺たちの行く手を阻む。

「——邪魔をするな」

戸塚さんは歩みを止めず、襲いかかる彼らの手を捻り、いとも簡単に廊下に投げ倒した。

「邪魔をするなら順に相手になるぞ？　どこからでもかかってこい。俺を止められるものなら、な」

と歩きながら背後に視線を向ける。そこには警備のあやかしが沢山ついてきていたが、戸塚さんに睨まれると尻込みしていた。

「この人どれだけあやかしに恐れられてるんだよ」

『知ったことか。こうなってしまった戸塚は九十九より厄介だ。何せ止められる者がいないのだから』

ビクビクしながら戸塚さんの後に続くと、ようやく一番奥に突き当たった。そして戸塚さんは何の迷いもなくそこの扉を開けた。

「——おいおい。いきなり儂のところにくるかねぇ？」

だだっ広い和室が広がっている。その奥には御簾《みす》がさがっていて、そこに人影が見えた。

「この人は……」

呆れてこそいるがどっしりと構えた声。それを聞くだけで萎縮しそうなほどの威圧感を放つこの人物は前に一度見たことがある。

『私たちあやかしたちの頂点に立つ偃月院の長——大妖怪山本五郎左衛門《やまもとごろうざえもん》だよ』

「ほほう、懐かしいな天狐神の片割れ。そして半妖。以前声は聞かせたが、こうして直《じか》に会うのは初めてだな」

かかか、と軽快に笑う。今日は以前のような敵意は感じない。

「普通のあやかしなら恐れ多く儂の前には姿を見せぬというのに。まっこと人間は愉快よのぉ」

ふと背後を見ると、後ろについてきたあやかしたちはさっと姿を消していた。

「まあよい。一体何用だ、特務課の小僧」

「先程現世で新たな行方不明者が出た。故に、連行した部下を解放して頂きたい」

「はて、なんの話やら」

素知らぬ顔をする男に戸塚さんの眉間に皺が寄る。

「とぼけるな。貴様ら偃月院が容疑をかけてしょっぴいた鬼蜘蛛のヒバナを解放しろといっている。無罪の者をいつまでも拘束するとはどういう了見だ」

戸塚さんは眼前の長を睨みつける。

「早くヒバナの居場所を教えろ。さもないとたたっ切るぞ」

「まったく血の気が多い奴だ。だから、ここにはおらぬといっておろうに」

その言葉に戸塚さんは目を丸くした。

「大体儂は鬼蜘蛛の娘子を捕らえろと命じてなどおらんよ。アレがもう人間を狙わないことはよぉく知っている故に、な」

御簾の向こうで男がほくそ笑んだ。

『なんだと？』

「一週間前、アヅチという蜘蛛が朧衆を連れてヒバナさんを連行していったんですよ！　現世から人間を連れ去った容疑者だって！」

俺とこがねが詰め寄るも、山本さんは手をひらひらと振る。

「そやつが勝手に動いたのだろう。儂はなぁーんにも関与しておらん。第一、現世から人の子を攫ったのは土蜘蛛だろう」

「……は？」

「そして丁度、そのアズチという蜘蛛の小僧も行方を眩ましたのだよ。だから偃月院は奴の行方を捜しているそうだ……おや、その反応ではなにも聞かされていなかったようだな」

土蜘蛛が人間を攫った容疑者？　初耳の情報に戸塚さんまでも固まっている。

虚をつかれた反応を楽しむように山本五郎左衛門は扇を叩いて笑っている。

「貴様、わざと公安局に情報を流さなかったな」

戸塚さんは刀に手を当てながら御簾の向こうの男を睨みつけている。

「此度の事態、巻き込まれているのは現世だけだ。幽世は平穏無事そのものよ。この世に害がなければより愉快な方に肩入れするのもまた一興かと思ってなあ」

「ふざけるな、こちらは一体何人の人間が巻き込まれていると思っているんだ」

「偃月院が守るのはこのあやかしの世。現世のか弱い人間がどうなろうと儂が知ったことではないわ。今は張り合う相手もいない故、ここ最近は退屈でたまらない」

ようやく面白そうになってきた、と顔の見えない男はにかりと歯を見せる。

「貴様らの道楽に罪のない人間を巻き込むな」

「儂の読みが正しければ、もう間もなく土蜘蛛が動き出す。貴様が刃を向けるのはそちらであって、儂ではないだろう。急がないとそれこそ大勢の人間が犠牲になるぞ？」

『山本！　其方は一体なにを考えておるのだ』

戸塚さんとこがねが前に出る。二人に睨まれても尚《なお》、彼の余裕は一切崩れない。

「儂が求めるのは愉悦よ。戦乱もなく平和な世、代わり映えのしない日々では高々百年ぽっちしか生きられない人間もつまらないであろう。精々足掻《あが》け。そして儂を楽しませろ、可愛い可愛い人間たちよ」

「人間を舐めていたら以前のように一杯食わされるぞ。覚えておけよ爺《じじい》」

「かかっ、儂をまた驚かせる人間がいたら面白いのぉ！」

　山本さんを睨みつけながら、戸塚さんは部屋を出た。

　足早に偃月院本部を後にし、特務課への道を辿る。戸塚さんは早く歩いているだけだというのにこちらは小走りじゃないとついて行けない。

「戸塚さんどういうことですか！」

「恐らく、人間を攫い土蜘蛛の封印を解こうとしているのはアズチに違いない」

『あの者、落月教に寝返ったということか』

「アズチも姿を消したとなれば、きっとヒバナもそこにいるはずだ」

　偃月院から特務課の屋敷までは徒歩十分ほど、それを半分の早さで戻ってきた俺たちは勢いよく本部の扉を開けた。

「なになに、どうしたの？」

　そこには既にヒバナさんを除いた全員が揃っていた。

　戸塚さんは中央に座り、以前みんなで見ていた資料を机に広げはじめる。

「百目鬼。ハヤテをここに呼び出してくれ。今すぐに」

「は、はい！」

　百目鬼ちゃんに指示を出しながら、戸塚さんは凄い勢いで資料を見比べていく。

「ちっ、なんでもっと早く気付かなかった。神隠しでも偶然でもない。ただの計画的犯行じゃないか」

不快さを露わにしながら戸塚さんは俺たちに資料を差し出した。

それはハヤテ——鼠小僧の盗難品リストと行方不明者リストだ。

「これが一体どうしたってんだよ」

首を傾げる三海に、戸塚さんは資料を指さす。

「行方不明者の住所と、盗難品が盗まれた場所を見てみろ」

「……同じだ」

戸塚さんのいうとおり、行方不明者の住所とハヤテが盗みに入った住所は完全に一致していた。

「じゃあ、ハヤテくんに呪をつけたのがあのアズチくんってこと？」

「でも、アズチがそんなことをしてなんの意味があるんだよ」

「土蜘蛛の復活……」

俺がぽつりと呟くと、全員の視線が集まった。

「西渕のいうとおりだ。アズチが元々土蜘蛛を崇拝していて、落月教に寝返り土蜘蛛の復活を企《たくら》んでいたというのであれば……奴の血肉となる人間を集めていた理由も合致する」

「でも、なんでわざわざハヤテに人間のものを盗ませていたの」

しろがねのいうとおりだ。人を攫うのもわかるが、ハヤテに盗ませる理由がわからない。

『繋がりだ。千里眼で見ず知らずの者を探すのが困難なように、繋がりのない人間を現世から幽世に連れてくるのは……あの程度の中級には不可能な芸当だろう』

九十九さんが納得したように地図を指でなぞる。

「ああ……だから最初は川沿いに集中してハヤテくんを使い、繋がりを集めていたんだね」

「そして現世の歌舞伎町で頼豪《らいごう》が持ってる土蜘蛛が封印されている巻物を狙い、そこにいた人間を引きずり込んだ」

戸塚さんと九十九さんは顔を見合わせ頷く。

「じゃあ、歌舞伎町に蜘蛛の巣が張られていたのは」

『いちいち物を盗まずとも、直接糸をヒトの子の体につけ繋がりを作っていた。屍が復活したら、奴の血肉にするために一気に人間を引きずり込むつもりだろう』

「それを察せられたら不味いと姐さんを連れ去り、幽世中にヤツが糸を張り巡らせたってわけか」

「おうおう、いきなり呼び出してなんのつもりだ！」

丁度良いタイミングで頼豪さんの転移術でハヤテが机の上に現れた。

状況をのみ込めていないハヤテを戸塚さんは摑み、顔を近づける。

「ハヤテ。単刀直入に聞く、君に呪をかけたのはアズチというあやかしではないか？」

一瞬目を瞬かせたハヤテ。ゆっくりと瞬きをし、考え込む。そして数十秒後、すっきりと思い出したように手を叩いた。

「そうだ！　アズチだ！　間違いねえ！　後ろで髪を結んで、目が四つあって……いけ好かねえ蜘蛛の兄ちゃんだ！」

「ビンゴ！」

やったね、と九十九さんがガッツポーズをする。そして戸塚さんは不敵に微笑み俺を見た。

「西渕。今すぐアズチの場所を探してくれ」

「はい！」

千里眼でアズチの居場所を探ろうとした時、戸塚さんの携帯が鳴り響いた。

「不動？」

どうやら不動さんからの着信らしい。戸塚さんを嫌っている彼からの連絡なんて珍しい。戸塚さんは出るか迷ったものの、怪訝そうな表情を浮かべ電話に出た。

「不動。申し訳ないが、今立て込んでいるから用件は手短に――」

戸塚さんの言葉が詰まる。電話の向こうから微《かす》かに切羽詰まった声が聞こえていた。

なにかを察した戸塚さんはすぐに通話をスピーカー状態にして机の上に置く。

『戸塚！　特務課の人間全員連れて今すぐ応援にきてくれ！』

「はあっ？　普段あんだけ悪態ついてるのに都合いいときだけ頼ろうなんて――」

突っかかろうとする九十九さんを手で制した戸塚さんは携帯に顔を近づけた。

「どうした。なにか起きたのか」

「人間が、人間を襲ってんだよ！」

「はあ？」

意味がわからないと全員がぽかんと口を開いた。

その瞬間だった。ずしんという音がして地面が揺れた。

「地震!?」

地鳴りを響かせながら幽世が揺れている。

「百目鬼、なにが起きているかわかるか」

「……い、今探ってます！」

こういうときヒバナさんの蜘蛛の巣があれば手っ取り早くわかるというのに。ただごとではない状況に皆が焦りを募らせていく。

『戸塚、座標は隅田川河川敷周辺だ！　今すぐきてくれ、頼む！』

「……っ！　三海と白銀の両名は地鳴りの原因を探ってくれ。百目鬼はここに残って監視を続けてほしい。ハヤテは申し訳ないがここで百目鬼の守護を頼む」

「任せとけ！　嬢ちゃんは命に替えてもオレ様が守ってやる！」

百目鬼ちゃんの頭の上でハヤテは胸を張り、拳を叩いた。

「西渕と九十九は俺と現世に向かう！　各自連絡手段は——」

戸塚さんが頭を掻いた。いつもはヒバナさんの分身、小さな小グモが無線の役割をしていた。ああ、本当に彼女がいないと俺たちはまとまらない。

俺と九十九さんは顔を見合わせ、懐からスマホを取り出した。

「相棒、これ持ってて。電話が鳴ったら緑のボタンを押して」

「お、おう」

「百目鬼ちゃんは俺のを。音が鳴ったら、緑の印をひゅっとしたら繋がるから」

「はい！」

九十九さんのスマホは三海に、俺のスマホは百目鬼ちゃんに渡った。これでいざというときの連絡手段には困らないはずだ。

「それでは状況がわかったら伝える。百目鬼、悪いが現世まで飛ばしてくれ！」

「わ、わかりました。飛ばします！」

百目鬼ちゃんは目隠しをとり転移をさせてくれた。

目の前が目映い光に包まれる。次第に光は弱まってくると周囲の空気が変わったのがわかった。

地面に足がついている感覚。ああ、今日はまともに転移が成功したのかとほっとしたのも束《つか》の間《ま》。目を開けようとした瞬間つんざくような悲鳴が聞こえた。

「きゃあああああっ！」

それは女性の声だった。瞬時に目を見開き、周囲を確認する。

「なんだ――」

その後の言葉は続かなかった。目の前の惨状に息をのんだ。

俺たちが立っているのは川沿い。浴衣を着た沢山の人が集まっていた。その中に、不自然な位置に立っている人がいる。他の人間よりも頭、一つ二つ分高い位置に――つまりは宙に浮いている。

「おい！　どうしたんだよ、やめろ……うわあああっ！」

「わかんねえよ！　体がいうことききかねえんだ……やめろ、痛い！　痛い！　助けて！　腕がもげちまう！」

宙に浮いた人間は泣き叫びながら近くにいた人間を襲っていく。殴る、蹴る。ワイヤーアクションみたいに人間離れした身体能力。自ら動いているというよりは、無理矢理動かされているようにも見える。

「どうなってんの、これ……」

九十九さんが息を呑む。戸塚さんも信じられない光景に固まっていた。

周囲の人は逃げ惑い、押されぶつかり転んだ拍子に逃げる人間に踏まれていく。それはまさに地獄絵図だった。

「うわあああっ！」

叫び声が聞こえ、背後を見るとそこには別の人が襲いかかってきていた。体を有り得ない方向に無理矢理曲げながら回し蹴りを繰り出してくる。

「くそっ！」

すんでの所で躱した拍子に、その足にきらりと光る糸のような物が見えた。

「戸塚さん、九十九さん！　この人、糸のような物がついてます！」

よく見ると足だけじゃない。両手両足、そして胴体頭にも糸が付着している。まるで操り人形じゃないか。

「もしかしたら糸を切ったら止まるかも！」

「はいよっ！」

九十九さんは間髪容れずに鉄パイプで蜘蛛の糸を断ち切ってくれた。すると読み通りその人は地面に倒れ気を失った。

「ここ、本当に現世だよね？　なんでこんなことになってるわけ。というか、なんでこんなに人が多いの」

髪を掻き上げながら九十九さんは周りを見回す。確かに、夜だというのにいつも以上に人が多い気がした。それに浴衣を着ている人が多いのは何故。

「今日、隅田川の花火大会っすよ！」

今日は七月最後の土曜日。毎年隅田川の花火大会が行われる日だ。

数年ぶりに開かれた花火大会。ここに集まる人はみんな花火を見にやってきた。道理で人が多いわけだ。

「――戸塚！」

大混乱の中、よく通る声が聞こえた。

その声の主を探すと、操られている人たちに囲まれている不動さんの姿が見えた。

「不動。その人間たちは糸で操られている！　巻きついている糸を切れ！」

「なんだと!?」

人混みを逆流しながら俺たちは不動さんのもとへ向かう。

周囲にいた人たちは逃げ、不動さんの周囲にいるのは操られた人間たち。

「助けて……」「痛い」「怖いよ……」

糸が結ばれている人たちはみな意識がある。中には子供の姿も見えた。

「これもアズチの仕業ですかね」

「やることがクズ過ぎるんだよ、アイツ」

俺たちは背中合わせになりながら、浮かぶ人たちを見上げ戦闘態勢に入る。

「どうしてこんな状況になったんだ」

「本部から隅田川周辺に蜘蛛の糸が出現したという報告を受け、確認しにきたら突然一部の人間がこういう状態になったんだ。襲われた人間もまた同じように人を襲いだした」

「はは……襲われたら終わりなんてゾンビじゃん」

次の瞬間、人間たちは一斉に俺たちに襲いかかってきた。

妖魔と違い生身の人間を倒すわけにはいかない。協力して蜘蛛の糸を切っていき、彼らを解放していく。

が、次から次へと人間が宙に浮き始める。一度解放し、意識を失ったはずの人たちですら再び糸が巻き付けられ無理矢理動かされていく。

「稔さん！　幾ら殴ってもらちがあかない！　人が多すぎる！」

決して殺してはいけない相手。慣れない戦闘に全員の体力が消耗していく。

「くそっ、本体を叩くしかない！　西渕、アズチの居場所を探してくれ！」

「今、ここでですか!?」

「ああ、君は俺たちが守る。だから居場所を突き止めることに集中しろ！」

「そこの半妖は千里眼を使いこなせてないんじゃなかったのか！」

不動さんが俺を睨みつけてくる。色々追及されるのが面倒だったため、戸塚さんは俺が千里眼を使いこなせていないと報告をしていたらしい。

「とやかくいっている場合か。早くしないと共倒れになるぞ」

「……っ、くそ。西渕真澄、さっさとやれ！」

「わかりましたよ！」

不動さんに命令されるのは性に合わないがやるしかない。

俺は三人の間に隠れるように跪き、深呼吸をして地面に両手をついた。

『大丈夫だ、真澄。私が傍にいる。落ち着いて見るべきものを見ればよい』

「大丈夫。俺たちならやれる――開眼」

探すのはアズチだ。長く一緒にいたヒバナさんですら見つからなかった。だというのに一度しか会っていない相手を探せるのだろうか。

いや、思い出せ。アイツの特徴を。あのいけ好かない瞳、人を嫌うあのオーラは銀色に見えた。細い細い銀色の糸が幽世中に張り巡らされている。ああ、なんて邪魔なんだろう。

だけど、これを辿れば必ず行き着くはず。糸さえ見えればそのはじまりは必ずあるはずなんだから。

「――だめだ、いない」

ヒバナさんと同じだ。幽世中、どこを探してもアズチの姿はない。

「アズチはこうして人を操っている。だから必ずどこかにいるはずなんだ！」

はっと顔をあげるとさっきよりも操られている人間の数が増えていた。九十九さんや戸塚さんの額には汗が滲み始めている。

早くしないと、早く。早く見つけないと、みんなが——。

焦れば焦るほど焦点が定まらなくなっていく。

『落ち着け真澄。外は構うな。戸塚たちを信頼し、私の声に耳を傾けろ』

頭の中でこがねの声が聞こえた。視線を手に下ろすと、こがねの手が俺の手に重なっているのが見えた。

『千里眼は全てが見える。それは決して街の姿だけではない』

もっと、もっと潜るんだ。絶対に見つける。

幽世にいなければどこにいる？　現世？　いや、それならすぐに公安局が察しているはずだ。気配も姿も隠せるところは——。

「——地面」

地中？　地下か。いや、地下に潜ってもわかるはずだ。歌舞伎町でハヤテを探したときはすぐに見えたんだから。

じゃあ、それこそどこに。日の光も届かない場所なんてどこにも——。

その時、目の前に一本の糸が見えた。

それは真っ直ぐ地面に向かって降り、アスファルトの上で不自然に途切れていた。

これが糸の終わりか？

「飲み込まれてる」

その糸は釣り糸のように地面の中に沈んでいるように見えた。それだけじゃない、遠くの方で倒れて意識を失っている人間がずぶずぶと地面に沈んでいくのが見えた。糸に巻かれているわけじゃない。まるで闇の中に消えるみたいに——闇？

「そうか、影か！」

その瞬間全てのパズルのピースがぴたりとはまった。

「影の中に人間を飲み込んで、幽世に移していたのか！」

ヒバナさんは消えたわけじゃない。アズチも見つからないわけじゃない。影の中に隠れていたんだ。

そして俺は影を自在に操れるあやかしをよく知っている。十年ぶりに姿を見せた妖魔、四木《しき》。そして彼に会いに来た落月教の幹部夜叉丸《やしゃまる》。そしてアズチが復活させたという土蜘蛛もまた、落月教の幹部だった。

彼ら三人が手を組んでいたというのなら、全ての辻褄《つじつま》が合うはずだ。

「——逃がさねえぞ、絶対見つけてやる」

意識を影の中に集中させる。

四木が逃げるときだって影の中を見られた。なら今回だってできるはず。

糸を辿るように影の中に潜る。真っ暗闇に微かに光る一筋の光を頼りに進んでいく。

そしてその奥深くに三人の人影が見えた気がした。

「戸塚さん、見つけた！　アズチは影の中にいる、落月教の妖魔四木と夜叉丸と一緒です！」

「つまり、彼らがいるのは吉原か！」

いつか三海はいっていた、吉原は偃月院の監視すら届かない別世界の街だと。そこをねぐらにしていた四木ならヒバナさんや土蜘蛛の存在を隠すなんて容易いだろう。

「この影に飛び込めば奴らのところに行けます！」

「だけど、この人たちをどうにかしないと！」

「人間を操っている大本を倒せば、彼らも解放されるはずだ」

俺たちの話を聞いていた不動さんは、周囲にいた人間を全員一度に摑み距離を取るようにぶん投げた。

「いけ、特務課！」

倒れた人間を跨《また》ぐように立ち、ぶちぶちと手で力任せに糸を切る不動さん。

「この不動正宗が戸塚に応援を頼むなんて血迷った。ここは任せて貴様たちは下に行け。幽世の化け物退治はお前たちの仕事だろう」

「でも、この量の人間一人で相手できるわけ？」

煽る九十九さんを不動さんは鼻で笑い飛ばした。

「ふん、なにも俺一人でやるわけではない。そろそろ応援が来るはずだ」

その時、周囲から大勢の黒スーツ姿の人たちが現れた。光る金色のバッジは公安局員の証。

「幽世公安局は現世と幽世の秩序を守るための組織！　これ以上現世であやかしどもの好きにはさせん！　現世の人間を守るのが我々の務めである！」

不動さんが腕組みをし、声たからかに叫ぶ。

それに呼応するように局員たちは各々武器を握り、操られた人たちと対峙していく。

「俺たちは俺たちにできることをする。貴様らは貴様らにできることをしろ」

「任せたぞ不動」

「だから、最初に呼び寄せたのそっちじゃん！」

不満を零しながらも、俺たちは武器をしまい目の前の影に視線を落とした。

「ここに飛び込めばいいのか」

「そうすればきっとアズチたちのところにいける。きっとヒバナさんもそこに」

「ここからが本番だ。我々で落月教を止める！」

了解、と呟き俺たちは一斉に影の中に飛び込んだ。なにも見えない。目の前は真っ暗だ。

『馬鹿かよ、影に飛び込む奴がいるか？』

遠くから呆れたような、けれどそれを楽しむような声が聞こえた気がした。

ああ、この声はきっと四木だ。

『影の中は出口のない虚空だ。迷って干からびて、オマエらはおしまいだ』

「俺たちを舐めるなよ」

にやりと笑って、俺は千里眼を開いた。

千里眼は全てを見る。だったらこの影の出口だってわかるはずだ。

探せ、探せ。なにか絶対にあるはずだ。

その時、遠くにきらりと赤いものが光って見えた。上品な赤い妖気を纏った、見覚えのある糸。

「ヒバナさんの糸だ！」

俺がいうが早いか、戸塚さんは手を伸ばしその糸に触れた。

「全員俺に摑まれ。突っ込むぞ！」

九十九さんと俺が戸塚さんの肩に手を触れると、戸塚さんは刀を抜いた。

なにかを見据えるように下を見て、刃を下に向ける。すると俺たちの足元には大きな蜘蛛の巣が張られているのが見えた。

「結界を破る！　この下にヒバナがいるはずだ！」

戸塚さんは蜘蛛の巣の中心目がけて刀を突き刺した。するとぱりん、ガラスが砕ける音がして視界が暗転した。

「────」

足が地に着く感触。衝撃に備えたが、なにもなかった。

そこは寂れた廃工場のような場所だった。工場といっても窓はない。ただただ、四方をコンクリートのようなもので囲まれた殺風景でだだっ広い密室だ。突き当たりには不自然な丸い金庫の扉のようなものが見える。

「全員、揃っているか」

「西渕います」

『私も問題ない』

「僕もいるよ～」

「よぉ、やっときたな」

点呼途中、背後から聞こえた声。振り向くと、影の中から四木と夜叉丸が出てきた。

「なんだ二人だけ？　黒幕二人はどうしたの？」

挑発するように九十九さんが前に出ると夜叉丸が鼻で笑った。

「屍が復活するまで時間稼ぎをしろと命じられた」

「へぇ、幹部さんが雑用だなんて落月教も終わったもんだね」

「減らず口を……時間を稼ぐまでもない。貴様らは今ここですぐに死ぬのだから」

夜叉丸は自分の身丈よりも長い刀を抜いて構えた。そして四木も錫杖を構える。

「よぉ、半妖のボウズ。この間殴ってくれた仕返ししなきゃだなあ？」

「上等だ、また返り討ちにしてやるよ！」

千里眼を開き、アズチの居場所を確認する。

この部屋にはいない。だが、四木たちの後ろに見えるあの扉の向こうに気配を三つ感じる。

「戸塚さん、あの扉の奥にアズチと土蜘蛛がいる。きっと多分、ヒバナさんも」

「そうか。なら、強行突破するしかないようだな」

俺は拳を握り、戸塚さんは刀を抜き、九十九さんは鉄パイプを構える。

いざ戦いの火蓋が切られようとしていたとき――。

「待て待てまてええええっ！」

上から声が降ってきた。

「テメエの相手はこのオレだあああああっ！」

突然上から三海としろがねが降ってきた。三海は四木を視界に捕らえたのか、錫杖を振り下ろし四木目がけ真っ逆さまに落ちてくる。

「かかっ！　きやがったな三海ィ！」

四木はにやりと笑って、三海の錫杖を受け止めた。

「遭遇三秒で戦闘なんて、本当馬鹿だよね三海は」

お待たせ、としろがねが手を振って降りてきた。

『どうして其方たちがここにおるのだ』

驚いているこがねの頭をしろがねが撫でながら笑う。

「それが、吉原に大きな地割れができてたんだよ。明らかにどこかに続いてそうな気がしてたから思い切って飛び込んだわけ。そしたらここについちゃった」

「運良く全員集合ってことか。スマホ、いらなかったな」

「ボクらは人間の機械なんて使いこなせないから、返すよ」

俺たちもしろがねたちに現世の状況を伝えつつ互いに情報交換をする。

今こちらは五人、相手は二人。人数ではこちらに利がある、けれど早くアズチを止め土蜘蛛の復活を止めなければいけない。

「あの烏天狗の相手は三海がするとして、もう一人は僕に任せてよ。強そうだし、楽しめそうだ」

九十九さんは楽しそうに鉄パイプの切っ先を夜叉丸に向けた。

「ほぉ……人間風情が私に戦いを挑もうとは、面白い」

夜叉丸が微笑むが早いか、彼は体よりも長い刀を手に一気に詰め寄ってきた。目に見えないほどの速さ。まるで瞬間移動だ。

けれど、その切っ先を九十九さんは軽々と受け止めた。

「我が刀を受け止めるとは、面白い人間もいたものだ」

「そりゃあどうも。妖魔なんて雑魚ばっかだと思ってたけど、楽しめそうじゃん！」

九十九さんの瞳孔は開いている。心底楽しそうに笑いながら一度俺らが恐怖におののいた夜叉丸と渡り合っている。

「ここは僕と相棒に任せて、三人は先に行って！」

ってこの件《くだり》なんか前にもやったよね、なんて九十九さんは笑っている。

「人間と落ちこぼれ二人で俺たちを止めようなんていい度胸じゃねえか——陰影現出囲え影檻《かげおり》」

四木が地面に錫杖を突き鳴らした瞬間、俺たちの周囲は影に囲まれた。目の前の扉が消え、周囲は闇に包まれる。

「はっ、ここは俺の影の中だってこと忘れたか？」

「……にゃろう」

勝ち誇る四木に三海は青筋を立てながら再び向かっていく。

「貴様らはここで私たちに切られる定めだということよ」

「ははっ……おまえらも一つ忘れてるんじゃないか？　道を塞いだって、俺たちの前じゃ無意味だってことをよ」

『やるぞ、真澄』

　こがねと声を合わせ、千里眼を開く。

　閉じられた世界だって必ず出口はある、幾ら余裕を装っていたとしても隠したいものを隠すときは不自然に影を濃くしたりするものだ。

「戸塚さん、四時の方向。思いっきり切って下さい」

「了解した」

　すかさず戸塚さんは刀を振るう。すると影は切り裂かれ、隠れていたはずの扉が見える。

「三海、九十九。無茶はするなよ！　さっさと倒して合流しろ！」

「あいよ！」「あははっ！　久々に本気出せそうじゃん」

　手を挙げる二人を一瞥し、俺たちは扉を開き奥の部屋に入った。

　そこは蜘蛛の糸だらけの部屋だった。幾つも不気味な白い繭が浮き、その奥に異様に大きな繭が守られるように鎮座している。

　その前でアズチは立っていた。

　彼の背後には巨大な繭。恐らくあの中に土蜘蛛が眠っているんだろう。

「見つけたぜ、アズチ！」

俺が拳を振るうと、彼は虚をつかれたように攻撃を躱した。

「散々お前に踊らされた。今回の現世での窃盗事件、行方不明事件、そして人間を操り暴走させた首謀者は貴様だな」

「ふん、今さら気付いたところでもう遅いというのに。屍様はもう間もなく眠りから解き放たれる」

アズチは余裕の笑みを貼りつけたまま背後の繭を見た。

その瞬間地面が揺れた。地鳴りの音を立て、目の前の巨大な繭から蜘蛛の足が突き出てきた。

「ずっと、ずっと……貴女様の目覚めを待ち望んでおりました。我が君」

恍惚《こうこつ》の表情を浮かべ、アズチはその場に跪く。

開いた穴のすき間からぎょろりと覗く蜘蛛の瞳。それと目があった瞬間背筋が凍り付いた。

「屍様、人間は既に捕らえております。目覚めの食事にと思いまして――」

アズチが手を動かすと丁度人一人分サイズの繭が三十個、屍の前に引き寄せられた。

あの中にいるのはきっとこれまでの行方不明者たち。

喰われる前に助けなければと、戸塚さんとしろがねと目配せし動こうとした瞬間。

目の前で肉を裂く音がした。

「……っぐ」

アズチの胴体に屍の足が深々と突き刺さっていた。

「……どうぞ、屍様。私の体を糧に……復活を」

アズチは血を吐きながら恍惚とした表情を浮かべている。そして、彼は繭の中に引きずり込まれた。ぐしゃりとなにかが拉《ひしゃ》げる音、肉を食べる気持ち悪い咀嚼音が響く。

「アイツ仲間喰ってるぞ……おまけに喰われてる方も笑ってる」

『共食いをする蜘蛛もおる。子殺し親殺しもそう珍しいことではない』

そういうこがねも眉を顰め顔を背けている。目の前からアズチの妖力が消えていくのがわかった。

「狩られた人間など喰ったところで面白くもない。狩りは自らするからいいものよ」

繭の中から女の声が聞こえた。土蜘蛛を包んでいた繭は少しずつほどけ、いよいよその巨体の全貌が明らかになる。

「よくやってくれた下僕。貴様に力を満たさせ、妖力に満ちた貴様を取り込み私は目覚める」

細長く鋭い六本の足。胴体は派手な虎柄模様。そして鬼のように美しい恐ろしく巨大な女あやかし――土蜘蛛・屍がいよいよ俺たちの前に立ち塞がった。

「ああ、外に出るのも久しいの……」

嬉しそうに目を細め上を見る土蜘蛛。そこにはしろがねがいっていた吉原に開いていたという地割れのすき間が見えていた。

「なんだ、小バエがいるな。私はまだ食事中だというのに」

屍は俺たちを相手にもせず、そして足元の人間の繭すらも相手にせず、周囲に張り巡らされた蜘蛛の糸の一本を手繰り寄せた。

「ヒバナ！」

戸塚さんが叫んだ。

色が巻かれていたのはヒバナさんだった。意識を失っているのかぐったりとしたまま動かない。

「私が姿を消したことをいいことに、我が物顔で幽世に巣を張り巡らせた忌々しい女。貴様を取り込み、私は今度こそ幽世の頂点として復活する」

「させるか！」

土蜘蛛がヒバナさんの首筋に牙を向けようとした瞬間、戸塚さんは刀を抜き目にも留まらぬ速さでヒバナさんのもとに駆けていった。

狙った先は土蜘蛛の首。切っ先が触れる寸前、鬼蜘蛛が口から蜘蛛の糸を吐き出し戸塚さんを搦め捕った。

「戸塚さん！」

その名に再び屍が反応する。

「トツカ？　ああ……戸塚稔か。二十年前、私を切った愛い人間……まだ生きておったのか」

屍は口から蜘蛛の糸を吐き出し続けた。戸塚さんは刀を握ったまま為《な》す術《すべ》なく他の繭と同じように、閉じ込められてしまった。

「すぐに出します！」

俺は繭を破ろうとしたが、手が触れた瞬間火傷《やけど》したように熱さが走る。

「っ！」

「屍は糸にも毒がある、触れたら駄目だ！」

しろがねが俺の手を後ろから掴み、離れさせた。少し触れただけで手が真っ赤になっている。中にいる戸塚さんは一体どうなってしまうんだろう。

「ふん、造作もない。私はもう貴様らにはやられない、以前は不意を突かれただけだ」

どす黒い繭を見て屍はしめしめと笑いながら再びヒバナさんを喰おうと口を開いた。

「やめろ！」

「なんだ、まだ邪魔をするのか小僧《ボウヤ》――おや」

土蜘蛛はようやく俺を視界に入れ、目を瞬かせた。

「貴様、混ざりあった匂いがする。半妖か」

「だったらどうした！」

「半妖は稀少《きしょう》だ。貴様を喰えば、私はもっと強くなる。そして現世に出て人間たちを皆喰らい尽くそう……我が主のために」

牙をむき出しにして土蜘蛛は笑う。

五人いたはずの仲間は俺としろがねの二人だけになった。戸塚さんだって一瞬でやられたんだぞ、俺たちにできるのか？

「……やれるか、しろがね」

「やりたくないけど、やるしかないでしょ。ここで引いたら特務課の名折れだよ――幻影現出　朧霞《おぼろがすみ》！」

しろがねが手のひらに息を吹きかけると目の前が霧に包まれる。

「ボクが目くらましで時間を稼ぐ。その間にヒバナを！」

「わかった！」

霧で視界が悪くなっても俺には関係ない。千里眼を開き土蜘蛛に捕らえられているヒバナさんを助け出すために近づいた。

奴は、俺たちをさがすように目玉をぎょろぎょろと動かしている。

これならいける――。

「――は？」

俺の意思とは真逆に足が止まった。そして懐に衝撃を感じ息が詰まる。

『真澄！』

悲鳴に近いこがねの声が聞こえた。そしてしろがねの幻術がとけ、霧が晴れていく。

視界がはっきりしていつの間にか千里眼を閉じていたことに気付き、俺は違和感を覚え腹部へと視線を下ろす。

「は、マジかよ」

言葉と同時に咳《せ》き込んだ。その瞬間口から大量の血が噴き出す。

俺の腹部には屍の足が深々と突き刺さっていた。

「ふふふっ、私の体は全て毒が回っている。貴様もこれでおわりだ。造作もないの」

「真澄！　くそっ、なんとか逃げるんだ！」

しろがねが叫ぶが、一瞬で毒が回り体が全く動かない。

土蜘蛛は不気味に笑いながら、俺の体を糸で巻いていく。

「これだけ上質な餌をすぐ食べてしまうのももったいないないな。貴様は保存食にしてやろう」

「はっ……悪趣味なことで。どうせ喰われるならヒバナさんみたいな美人がいい。化粧が濃い女はタイプじゃないんだよ」

「減らず口を……最早《もはや》指一本動かせぬというのに」

強がりで悪態をついたがヤツのいうとおり俺はもう指一本動かせない。

「残りは弱い子狐一匹か。私が手を下すまでもなし、貴様たちが大好きな人間に殺してもらうというのはどうだ」

「ああ、もうっ！　だから前線なんて嫌なんだよ！」

この土蜘蛛はどこまでも悪趣味だった。

足を器用に動かし、アズチが捕らえた人間を繭から出す。意識を失っている彼らを操り人形状態にし、しろがねに襲いかからせはじめた。

「っ、くそ！　真澄、キミが死んだら黄金も死ぬ！　死んだら絶対許さないからね！」

三十人もの人間に押しつぶされながらしろがねは苦しげに俺に向かって叫んでいる。

状況は最悪だ。体は動かないし、とうとう糸は俺の顔まで迫ってきた。

「さあて、これでようやくゆっくり食事をできるな。半妖は後だ、まずは貴様から頂こうぞ……ヒバナ」

俺の目の前で土蜘蛛は今度こそヒバナさんを喰おうとしている。

「……っ、く……そ」

体に力が入らない。屍の糸でスーツが溶けている音がする。

ああ、ちくしょう。折角ここまでたどり着いたのに。あともう一歩だというのに、大切な仲間が死ぬところを黙って見ていることしかできないのか？

「――ヒバナ、起きろ。ここで倒れるのを許した覚えはないぞ」

絶体絶命の中、戸塚さんの声が聞こえた。

その瞬間背後の繭が離散した。スーツは所々破け、眼鏡にはヒビが入っていた。いつも整えられている髪の毛は乱れながらも戸塚さんの戦意は消えていない。

屍――いや、ヒバナさんを真っ直ぐ見据え近づいていく。

「貴様……何故生きている」

まるで土蜘蛛なんて眼中に入っていないようにネクタイをほどきながら、刀を振り下ろしヒバナさんを搦め捕る糸を切った。

「俺はまだこんなところで死ぬつもりはない、今君に死なれては困るんだよヒバナ」

意識を失った彼女を抱き寄せ耳元で囁く戸塚さん。そして自身のワイシャツを引きちぎるように首筋を露わにすると自身の首筋に刀を立てた。

「なにやってんすか……」

か細い声で戸塚さんを呼んだ。この状況でなにを考えているんだ。

「いつまでやられているつもりだ。一時的に制御を解く、さっさと俺を喰え。契約を、忘れたとはいわせないぞ、鬼蜘蛛ヒバナ」

血が流れる部分に、ヒバナさんの口元を押さえつけた。

『其方ら、まさか……』

戸塚さんの首筋に赤い彼岸花の模様が浮かびあがる。

戸塚さんの血がヒバナさんの口に入る。その瞬間、彼女はかっと目を見開いた。ヒバナさんの赤い目が輝き、開いた口からめきめきと牙が伸びていく。

「ヒバナが人間を喰らう？　そんなことあるはずがないんだよ」

戸塚さんは不敵に笑い屍を見上げた。

「貴様、まさかその鬼蜘蛛の飼い主か！」

「彼女はもう俺の血肉しか摂取できない体になっている。そういう、縛りだ」

その瞬間、ヒバナさんは戸塚さんの首筋に牙を突き立てた。

吸血鬼のように血を啜る。彼女が喉を鳴らす度に、微弱だった妖力が跳ね上がった。

黒髪は深紅に染まり、全身が蜘蛛のように変化していく。

「ああ……力がみなぎっていく……」

目を覚ましたヒバナさんが土蜘蛛を見た瞬間、周囲の蜘蛛の糸が炎に包まれた。火は糸を伝い土蜘蛛が操っていた人間たちの糸をも燃やしていく。

俺を搦めていた糸も燃え、俺はその場に崩れ落ちた。

「久しぶりね屍。私がいない間によくも好き勝手してくれたわね……覚悟なさい」

「ヒバナァ……！」

変化したヒバナさんに屍は髪を逆立て声を荒らげる。

「これは一体……」

「呪だよ」

戸塚さんは俺の体を起こしながら自分の首筋を指さした。

「昔、ヒバナが人間を襲っていたのは事実だ。そして俺はそれを止めた。優月院は彼女を処分しようとしたが、俺にはヒバナの力が必要だった。だから俺たちは契約を結んだ」

「契約って……」

「俺が生きている間は俺以外の人間を喰わないこと」

「そうよ。だから私はもう稔以外の血は飲まないし、飲めないの。まあ、こんなに美味しい人間なんてそうそう見つからないから……私は稔以外興味ないんだけどね」

ヒバナさんは愛《いと》おしそうに戸塚さんを見下ろしている。

「口説き落としたってそういうことか……」

「だから俺たちも君や黄金と同じような運命共同体というわけだ」

「は、ははっ……」

衝撃の事実に俺は笑うしかない。

「ああ、もう！　重い！」

倒れた人間の山を押しのけしろがねも這い出てきた。

『白銀！』

「黄金！　毒は、大丈夫!?」

しろがねは俺たちの姿を見るなり慌てて近づいてきた。あれ、そういえばさっきまで苦しかったはずだけど少しずつ体が楽になっていく。

「さっきは駄目だと思ったけど、今は意外と元気だ」

『ヒバナの炎が毒を焼いてくれたのかもしれんな』

これで全員揃ったぞ、形勢逆転だ。

「色々やってくれたな、土蜘蛛。ここからは狩りの時間だ」

戸塚さんはきっちりとネクタイを結びなおし、土蜘蛛を睨む。

「……っ、おのれ！」

分が悪いと踏んだのだろう、土蜘蛛は頭上の割れ目に向かって糸を吐き上にのぼろうとしている。

『あやつ、逃げるつもりか！』

「上に出て人間を喰らい力をつける！」

「逃がすかよ！　こがね！」

『うむ！』

俺の合図でこがねは俺の中に入る。千里眼を開き、ヤツの逃げ道を潰す。

「邪魔をするな！」

屍が毒の糸を吐き出す。妖気の塊のそれを手で受け止める、触っているのは糸じゃない。その糸に纏わり付いた妖気だ。

「……アズチは、こうやってたな」

糸を操るアズチの動きを一度見た。それを再現すれば俺も糸を操れるはずだ。同じように手を動かし、土蜘蛛の糸を自分のものとしヤツの足を搦め捕る。

「ぐっ……貴様！」

四本の足を巻き取ることに成功した。後は踏ん張るだけだが、この巨体を一人で支えきるのはいささか無理がある。

「離せぇえ！」

土蜘蛛もなりふり構わなくなってきた。再び人間を操り、俺を攻撃しようと襲わせてくる。

「あははっ、ボクだって少しは役に立たないとだよね！」

俺を守るようにしろがねが立ち塞がる。そして目の前で大きな狐の姿に化け、人間たちを傷付けないようにその糸を引きちぎっていく。

『良いぞ白銀！　その調子だ！』

「黄金を守るためなら、これくらいお安いご用だよ！」

「……っ、ぐ」

地面に足を踏ん張る。気を緩めたら今すぐにでも持って行かれそうだ。

「――二重円展開　固縛《こばく》！」

聞き慣れた呪文。光る輪が二本現れ、土蜘蛛の体を拘束する。

「今度こそちゃんと殺してあげないとねえっ！」

鈍い音のあと、糸を結べていない土蜘蛛の足が三本落ちてきた。

こんなことできるのはあの二人しかいない。

「待たせたな！」

「三海、九十九両名戻ったよ！」

ナイスタイミングで傷だらけの三海と九十九さんが合流した。

「二人とも、無事だったか」

「戸塚さんが早く来いっていうから張り切ったんですよ。後でなんか奢って下さいね！」

「終わったら全員で焼き肉行くぞ」

特務課六名が全員背中合わせで集結する。みんなが揃えばもう怖い物はない。

足を三本失い、おまけに拘束された土蜘蛛の力は大幅に弱まる。けれど彼女は諦めず、地割れの向こうを目指し上へ上へとのぼっていく。

なにか策はないかと必死で目を見開いた。すると、彼の額の中心部だけ色が変わって見えた。

「戸塚さん！　額だ！　土蜘蛛は額が弱い！」

「──わかった。いくぞヒバナ」

「ええ、稔。貴方のために」

ヒバナさんは戸塚さんの足場になるように蜘蛛の糸を張る。戸塚さんはそれを蹴りあげ、土蜘蛛のもとへ駆け上っていく。

「生きるために足掻く姿は見事だが、君の野望はここで消える」

土蜘蛛を見下ろし、戸塚さんは刀を握りやつの額めがけ落ちていく。

刀を握るとその刀身が炎に包まれた。微かに見える刀の周りに付着した蜘蛛の糸、これはヒバナさんのものだ。

「二十年前、俺が切ったのはここだったな！」

「戸塚あああああああ！」

土蜘蛛は最後の抵抗かありったけの糸を吐き出した。だが戸塚さんにはもうその攻撃は通じない。

炎の刃は糸を焼き、そのまま屍の額に向かって刃を振り下ろす。彼女の体は為す術なく真っ二つに裂け、あっけなく地面に落ちた。

「お、のれ」

体を真っ二つにされてもまだ屍は生きていた。

恨みの籠もった表情で俺たちを見上げている。

「やはりこうなったか」

「あんだけ粋がってたのにあっけねえの」

足元の影の中から四木と夜叉丸が出てきた。彼らは冷めた顔で土蜘蛛を見ている。

「てめえら今さらなんの用だ。さっき逃げやがったくせに！」

「逃げたわけではない。目的を果たしにきただけだ」

すると夜叉丸が屍の右半身の腹部に手を突っ込んだ。

なにかを探るようにかき回し、両手で赤子くらいの大きさの繭を引きずり出した。

「──夜叉丸、貴様」

「其方の復活など最初から興味はない。我々の目的は繭の回収だ」

「オマエらが大暴れしてくれたお陰で楽な仕事だったぜ」

奴らが抱える繭は屍の中に入っていたというのに血一つつかず真っ白で美しかった。

一体中になにが入っているんだ。

「じゃあ、またな。いずれどっかでまたやりあえるだろ」

「逃げんのか、四木！」

「私たちはしばらく身を隠す。それまでつかの間の平穏を楽しむことだな」

四木が指を鳴らすと、俺たちは影の世界の外にはじき出されていた。

立っているのは幽世肆番街。丁度吉原の中心部だ。

「終わった、のか？」

状況が読めない中、戸塚さんは懐からスマホを取り出しどこかに連絡を取る。

「不動、俺だ。状況はどうだ」

端的な会話をすると一分足らずで電話が切れた。

「現世の騒動も片づいた。操られていた人たちは皆解放されたよ。今公安局で事後処理に追われてるそうだ」

「えー、まさか今から手伝いにいかされるの？　僕たちもうヘトヘトだよ」

力が抜けたのか全員がその場にへたり込む。

茫然としていると頭上からどおんと大きな音が聞こえた。幽世から見る高い空に大輪の花火が打ち上がっていた。

「そういえば、花火大会やってたっけ」

「人間は呑気なもんだな。一部があんなに騒ぎになってるのに、なんにも気付かねえで呑気に過ごしてる」

ため息をつきながら三海は空を見上げた。

「でも、その平和を守るためにボクらが頑張ってるんでしょう」

「綺麗だなあ」

全員で花火を見上げた。そういえば、花火大会なんて何年ぶりだろう。

人間も人間で日々進歩している。どれだけ得体の知れないものに踏み潰されかけても、それでも立ち上がり続ける。

きっと現世でもあの大騒動の後始末に追われながらも、みんなでこの花火を見上げていることだろう。

『真澄、立てるか』

差し出されたこがねの手を掴んで立ち上がる。

「みんな、帰るぞ。百目鬼たちが待っているからな」

戸塚さんが立ち上がり先陣を切って歩き出した。

「ねー稔。手を貸してよ、私一週間以上監禁されててもうボロボロよ」

「……どの口がものをいうんだか」

ぐったりと座り込んでいるヒバナさんを戸塚さんは呆れたように見下ろし、そして仕方なく彼女を背負った。

「きゃー、優しいわね。そういうところ大好きよ！」

「あー！　ヒバナさんズルいよ！　僕もおぶられたい！」

九十九さんは瞬時に戸塚さんの方に走っていきヒバナさんの上から飛びついた。その重量に戸塚さんが動きを止める。

「なんか楽しそうだな。オレらも行こうぜ白銀！」

「そんなことしたら稔が潰れるよ？」

そういいながらも今度は三海としろがねも走り寄っていった。

「……お前たち、俺を殺す気か」

『特務課を背負って立つんだろう。それくらい抱えきれないでどうする』

「……戸塚さんが倒れそうになったらみんなで支えますから」

俺とこがねも歩み寄り、結局全員で肩を支えながら帰り道を歩くことになった。

全員満身創痍《まんしんそうい》で傷だらけな上に服もボロボロだ。だが、その分達成感もあった。

「帰ってお風呂入って、焼き肉行きましょ。早く冷たいビール飲みたいよ」

「今日は無理だ。帰って寝たい」

「それなら帰る途中でつまみ買って屋敷で酒盛りすりゃいいだろ」

どんな命の危機に瀕しても次の瞬間には笑い合える。どんなことが起きてもこれが幽世での日常なのだから。

ふと、立ち止まり地割れを覗き込んだ。

全てを解決できたわけじゃない。まだ謎も残っているし、倒せていない敵だっている。

ただ、俺は一人じゃないし、仲間がいる。

彼らがいればきっとどんなことでも乗り越えていけると思うから。

余話　花火大会の夜

弟と兄

『留守番電話サービスに接続します――』

一向に繋がらない電話に嫌気がさし、舌打ちしながら画面を乱暴に連打した。

兄と歌舞伎町で一方的に別れてから、何度電話をかけても繋がらないし、メッセージにも既読がつかない。当然向こうから連絡がくる気配もなかった。

「どこでなにしてんだよあのバカ兄貴」

あのキャッチが声をかけていた女は相当やばいヤツだった。あの時の兄さんの口振りからするにきっとなにかあったんだ。こっちは連絡も取れなければ、兄さんの消息もわからない。親に連絡しようにも余計な心配はかけられない。

なんで俺一人がこんなに気を回さないといけないのだと、心配が苛立ちを通り越し怒りに変わりはじめていた。

「変わっちまったな、兄さん」

冷蔵庫からチューハイを取り出して、口をつけながら頭を冷やすためにベランダに出た。空腹にアルコールが回る。ふわりと浮つく頭で外を眺めていると電話が鳴った。

「……あ」

兄さんだ。画面に表示される名前を見た瞬間、指が勝手に動いていた。

「もしもし」

『――あ、真咲か？』

自分でも驚くぐらい声が上擦っていたと思う。

ばつが悪そうな兄さんの声。一先ず無事だということがわかり、ほっとしながらも必死に平静を装った。

「今までなにしてたんだよバカ兄貴。何回電話したと思ってんだ」

『いや、悪かったって。仕事で色々あってさあ……ようやく落ちついたんだよ』

俺が追及する前に、兄さんは自分からあれこれと饒舌にいい訳を語る。

こういうところが本当に隠し事ができない素直な人種なんだと思ってしまう。まあ、それが兄のいいところでもあるのだけれど。

「……なんか花火の音聞こえない？」

その背後で微かにどぉんどぉん、と爆発音が聞こえていた。それと同時に兄さんの周囲で盛り上がっているような人たちの声も。

『ん、ああ。今みんなで花火見てるんだよ。ほら今日、隅田川の花火大会だろ？そっちは見えなかったっけ？』

「ああ……」

そういえば、大学の友人がそんなこと言ってたっけ。いわれて空を見上げたが、花火どころか音の一つも聞こえやしなかった。

「こっちは全然見えないよ。兄さんは近くにいるの？」

『職場から綺麗に見えるんだよ。真咲にも見せてやりてえな……すっげぇ綺麗だぜ』

「へぇ……」

その声音から、絶景が想像できた。こっちはなんてことはないビル群が広がっている。なんだか寂しくなって、缶を握りしめた。

半年前の事故で兄さんは変わってしまった。あの変な狐に取り憑かれてから、兄さんを遠くに感じるようになってしまった。

「昔、みんなで花火見に行ったよね」

『ああ、豊平川のだろ。懐かしいな。真咲が小学校入ったばっかのころ、すげぇ怖がってたの覚えてるか』

「ああ……あったね、そんなこと」

今でも鮮明に思い出せる。

俺は昔から人には見えないモノが見えた。

それは中々相手に理解されなくて、同級生に虐められたりすることも多かった。でも、両親や兄さんは俺を気味悪がることなく、理解してくれた。

家族仲は良好で、両親は俺たちを色々なところに連れて行ってくれたけれど、俺は正直乗り気じゃなかった。

何故なら人が賑わうところにいくと、時々そういうモノが紛れ込むことがあるからだ。

『どうした真咲。花火綺麗だぞ？』

『やだ、怖いよ！　オバケがずっとこっち見てるんだ！』

家族でやってきた花火大会。俺たちが見ていたすぐ傍で、不気味にほくそ笑んでいるモノがずっと俺を見ていたんだ。

俺が指さす方向にいるソレは兄の目には映らない。

『あ、あれ真咲じゃね？　またオバケ怖がってやんの！』

『脅かしてやろうぜ！』

地元で有名な花火大会だ。当然知り合いも多かった。兄に隠れて怯える俺を彼らは笑っていた。

『やだよ。やっぱりもう帰ろうよ。花火なんて見なくてもいいから！』

『心配すんな。兄ちゃんが守ってやっから』

兄さんは自信たっぷりに笑って、明後日の方向を向いた。

『おい、オバケ！　俺の弟虐めたら許さないからなっ！』

そう叫ぶ方向にはオバケはいない。周囲から冷ややかな視線を注がれても兄は毅然と立っていた。

『に、兄さん。そっちじゃないよ……』

そっと腕を引っ張ると、兄は『違った？』と頭をかきながら方向を変えて怒鳴りだす。

『兄さん、違うって！』

『え!?　じゃあ、こっちか!?　おい、こらオバケ！』

だけどやっぱり見当違いの方向で。見ているこっちが恥ずかしくなってくるくらい派手に叫んでいた。

『真咲の兄ちゃん変なヤツ～！』

『オマエらも、弟虐めたら許さないからなっ！』

陰口を叩いていた同級生たちに兄が叫ぶと彼らは一目散に逃げていった。なんだかそれが堪らなくおかしくて、俺はつい笑ってしまった。

『やっと笑ったな』

『え？』

『……オバケはまだいるか？　真咲』

そう尋ねられて周りを見てみると、そこにいたはずのオバケはいなくなっていた。

『いなくなってる！』

『そういうオバケって人が怖がってる反応が見たいんだろ？　真咲が笑ったから、オバケは逃げてったんだよ。だからさ、オバケが出たら怒って笑い飛ばせばいいんじゃね？』

こんなふうにな、と兄さんは両手で目と口を大きく広げて変顔をした。

『あはは っ！　変な顔！』

『それでも怖いオバケがいたら、兄ちゃんが一緒にいて守ってやるからさ』

力一杯握ってくれた兄さんの手はとても温かかった。

兄さんは根暗な俺と違って明るくて、優しくて。いつも元気だから、一緒にいるとオバケが近づいてくることは滅多になかった。それが心強かった。

自慢の、兄さんだった。

「覚えてるよ。忘れるわけない」

甘ったるい酒を飲みながら、そう零した。

『今日は怖いのいないか？　一人で大丈夫か？』

「いないよ。バカにするなって。俺だってもう子供じゃないんだから」

『そうだな。今や立派な大学生だ』

自慢の弟だと、楽しそうに笑っている。ああ、絶対酔ってるな。こういうブラコン発言するからうざいんだよ。

「……兄さんこそ、一人で大丈夫なの？」

『全然平気だよ。つーか、一人じゃないからな。寧ろ一人にさせてくれーって感じ』

「辛かったら帰ってきていいんだよ。別に今のご時世転職したって構わないんだし」

『なんだ。心配してくれてんの？』

「当たり前だろ。家族なんだから」

俺も俺で酔ってるみたいだ。アルコールのせいで余計な事までいってしまう。

『兄ちゃんは大丈夫だよ。まあ、危ないこともあるけどさ……なんとかやってる』

『おい、マスミ！　ほら、飲め飲め！　盃空いてんぞ〜！』

『おいおいおいおい！　やめろよ酔っ払い！』

電話の向こうはここと違って騒がしい。自分はそこには行けないのだと、兄との距離を感じてずきんと胸が痛んだ気がした。

『来年は一緒に見られるといいな、花火』

そんな俺の心をいつも兄さんは見透かすような言葉をかけてくる。

「……い、いいよ。別に。家族で花火なんて、子供じゃないんだし」

『えー、どうせ寂しいとか思ってんだろぉ？　お前、意外と寂しがりだから』

「うっざ。もういいよ、向こうでみんな待ってるんでしょう？　さっさと行きなよ」

『ごめんごめん。いいすぎた。いつも悪いな、真咲』

冗談っぽく笑いながら、突然真面目な声に変わる。

『また、一緒に飯行こうぜ』

定期的に繰り返されるそのお誘いは、兄さんなりの謝罪と口止め。

兄さんだって馬鹿じゃない。俺が兄さんの仕事が普通じゃないと気付いていることだって察しているだろう。だから俺は敢えて今日も気付かないふりをし続ける。

「兄さんの奢りで？」

『はは、お手柔らかにな。好きなの考えておけよ』

「ん。じゃあ、またね兄さん。話せてよかった」

『おう。真咲も元気で』

電話を切ると静けさに包まれる。

ベランダの柵にもたれ掛かりながら再びチューハイを一口飲んだ。

「あっま」

空を見上げて息をつく。狭い空に、兄さんたちが見ているであろう綺麗な花火を思い浮かべてみる。

人が見えないモノなんて見たくないと思っていた。いや、今でもそう思っている。でも……時々思うんだ。兄さんもこんな気持ちだったのだろうか。わかりたいけどわからないもどかしさ。

いつか、兄さんは全て俺に話してくれるだろうか。

いつか、俺も兄さんたちの輪に入りたい……なんて思ってしまうんだ。

兄と弟

「おう。真咲も元気で」

電話を切った途端、幽世の喧噪が戻ってきた。

俺は今特務課本部の中庭でみんなでござを敷いて花火を眺めていた。

『怒られなかったか？』

「説教コース覚悟してたんだけど、意外と大丈夫だった」

近づいてきたこがねに笑いかけながらほっと息をつく。土蜘蛛との死闘から一週間。ようやく事後処理が終わったところで特務課も一息つくことができた。

ずっと連絡をし続けてくれていた弟への連絡をすっかり忘れていたため、怒られるかと思ったが拍子抜けだ。

「でも心配かけちまったから、近いうちに顔見せないと」

『有給取って現世に行こう。私はまたヤキニクが食べたいぞ！』

なんて笑い合っていると空にどおんと大輪の花が咲いた。

幽世は不思議な場所だ。東京だとたとえ会場の近くにいても建物の影に隠れて綺麗な花火なんてまず見えない。だけど、ここは地下だというのに高い空に満開の花火が綺麗に見えるんだ。

「すっごい綺麗だなあ」

「ここは現世とは違う世界だからね。綺麗に花火が見えるんだよ」

「花火には鎮魂の意味もあるからな。あやかしたちにとっても花火大会というのは特別なものなのだろう」

九十九さんと戸塚さんが隣で空を見上げている。

幽世から見上げる花火は、まるで水面に映っているかのように幻想的でとても綺麗だった。こっちの世界ではどの場所から見ても同じように見えるというのだから不思議だ。

「ほら、飲めよマスミ。折角の花火大会なんだからよ。花見で一杯ってな！」

「お前はいつも飲んでるだろ！」

横から肩を組んできた三海が顔を真っ赤にして俺の空いた盃に酒をなみなみ注いでくる。

「ちょっと真澄！　黄金に近すぎなんだよ！」

しろがねがずいっと俺とこがねの間に割って入る。手にはイカ焼き、片や酒。ああ、しろがねも三海に飲まされて完全にできあがってるらしい。

「弟くんとの電話、良かったの？」

縁側に座って団扇であおいでいるヒバナさんが携帯を指さす。

「いいんすよ。一先ずの生存報告なんで。長電話してると余計に怒らせちゃうんで」

俺はいつも真咲に叱られてばかりだ。まあ、アイツの方がしっかりしているし俺のほうが弟みたいに思われてもしかたないだろう。

顔を合わせたらいつもイヤミばかり。俺と一緒にいない方が、アイツも心穏やかに過ごせるだろう。

「弟さんは真澄さんのことが心配なのでは？　怒るということは、その人のことが大切だということですよ。大切でなければ人は無関心になりますから」

「……そう、かな」

百目鬼ちゃんの言葉に一瞬息が詰まった。

そうなのだろうか。確かに、真咲が怒るのはいつも俺が心配をかけたときで。俺だっていつも真咲を心配している。ただ、俺はお節介を焼きすぎてしまうから弟にウザがられてしまうんだ。

「あたしは兄弟がいませんから、よくわかりませんが。真澄さんみたいなお兄さんがいたら嬉しいと思いますよ」

「そっか……」

胸がどくんと熱くなった。

俺は今まで真咲が見えてるモノが見えなかった。だから、少しでも真咲を理解してやろうと必死だった。なにがあっても俺が真咲を守るんだと思っていた。いや、今でも思ってる。その心配が強すぎて、ついつい弟にウザがられてしまう。でも、それでも真咲の役に立てているならいいと思った。

俺は俺で真咲を心配している。真咲も同じように俺のことを心配してくれているんだろうか？

「お兄ちゃんの気持ちが中々弟くんに伝わらないみたいに、弟くんの気持ちもお兄ちゃんには中々伝わらないのかもね。僕はまだ会ったことはないけどさ、きっと凄い心配してると思うよ、弟くん」

だって真澄くん自分のことは二の次だから、と九十九さんは笑った。

「あんまり弟に心配かけたくないじゃないっすか」

「じゃあ弟くんが同じようなことしてたら？」

「心配しますよ。怒ります」

それと同じ、と九十九さんに笑われた。

「まあ、こういう仕事だからいえないことも多いだろうけど……なるべく弟くんと話してあげなよ。近くにいるんだから」

「……うっす」

九十九さんに諭され、俺ははっとした。

確かにこのところ、真咲を巻き込まないようにと突き放すようなことばかりしていたかもしれない。頼るところは頼って、都合のいい兄貴だったのかも。

「俺、駄目な兄貴っすね」

「そんなことはない俺はいい兄弟だと思うぞ」

「戸塚さん……」

「西渕もいい兄じゃないか。俺はよく頑張ってると思うぞ。うん、特務課全員よくやってると思う」

『と、戸塚……？』

雲行きが怪しい。戸塚さんはぼんやりと空を見上げながらうんうんと頷いている。

「……これだけみんな頑張ってるのになあ。上の奴らはなに考えてんだか。はー……もう全部ぶっ壊してしまおうか」

「ちょっと……稔にお酒飲ませたの誰よ」

ヒバナさんが目を見開いて立ち上がる。戸塚さんの隣で徳利を持った九十九さんがにやけながらこれ見よがしに見せつけてくる。

「いや、稔さん酔ったら面白いから」

「恭助！　なに考えてるの！　みんな今すぐ稔からお酒没収して！」

ヒバナさんが戸塚さんに歩み寄った瞬間、彼は立ち上がり彼女の肩に腕を回す。

「つれないこというなよ。俺が酔ってるように見えるか？　え？　なあ、付き合えよ。まだまだ酒はあるんだからなぁ？　ヒバナも無事帰ったことだし、いいだろ？」

「……恭助、よくやったわ」

ヒバナさんは照れながらも戸塚さんの言葉を幸せそうに噛み締めていた。

いつもクールな戸塚さんはどこへやら、顔を真っ赤にした戸塚さんは一升瓶を抱えてそのまま飲み始めたじゃないか。

「九十九ォ！　三海ィ！　朝まで飲むぞ、付き合え！」

「おうおうおう、やったろうじゃねえか旦那！」

「朝まで付き合いますよ稔さん！　僕お酒持ってくるね！」

男子も男子で酒が回って完全にできあがってる。わいわいしながら子供みたいに屋敷の中を猛ダッシュしていた。多分、あの戦いでみんな疲れ切っているんだろう。

「……これ、大丈夫なのか」

『戸塚は許容値を超えると酒乱になる。だからいつも自制しているんだろうが……責任者は九十九だな』

こがねはあーあ、と頭を抱えた。

「どう収拾つけるんだよ」

「知らん。みんなが飲み疲れて寝るまでの辛抱じゃな」

こがねは諦めたように頷く。そういう彼女も盃を持っていた。なんだよ、全員酔っ払いじゃねぇか。

「西渕、ほら飲むぞ！」

「いいっすけど！　いつかアルハラで訴えられますよ！」

酒を持ってやってきた戸塚さんに飲まされながら、俺は叫ぶ。屋敷の中は酒の匂いで充満していて、すっかりみんなできあがった。明日は確実に二日酔いコースだろう。

「だけど、こんな日があっても悪くねぇな」

敷物の上に寝転んで花火を見る。

二万発の花火が夜空に花開く。こんな幻想的な光景が見えるのは年に一度だ。

「来年は一緒に見られるかな」

一人で飲んでいる弟のことを想う。

今、俺は真咲と同じモノが見えるようになった。そして、弟に隠すことが多くなった。

いえないことは多い。きっと勘のいい弟のことだから、それも察した上で気付かないふりをしてくれているのだろう。

いつか、真咲に全部打ち明けられる日が来るだろうか。

いつか、真咲と同じ景色を見られるだろうか。

「綺麗だなあ」

本当に空は綺麗で、思わず写真を撮っていた。

「一枚くらいならいいよな」

そう呟いて一枚写真を選んだ。

夜空一杯に広がる大輪の花。美しい光景を真咲にも見せたくて。こっそりと真咲にメッセージを送る。

《職場から見える花火だよ。綺麗だろ》

そうして写真と一緒に送ると間もなくして、既読がついた。

《綺麗だね》

たった一言。

つれないヤツだと思っていると、もう一度通知がなった。

《俺の家からはなんにも見えない》

真咲のアパートのベランダから撮ったであろう写真だった。見慣れた街が広がっている。真咲は上で、俺は下にいる。

《いつか見せてやりたいな。とっても綺麗なんだよ》

《見てみたいな。楽しみにしてる》

僅かなメッセージのやりとり、酔いが回ったせいで些細なことでも笑ってしまう。

ああ、本当に今日はいい日だ。

ここ数日は大変なことばかりだったけれど、俺たちの働きでどうにか幽世にも現世にも平和が戻ってきた。

誰かに気付かれることはない。俺たちは影みたいな存在だけど、それでも二つの世界の平和を守るために頑張っているつもりだ。

日常がなければ、こんな綺麗な景色も見られないんだから。

『ほら真澄、今日は飲み明かすぞ！』

「はいはい、付き合いますよ」

スマホをポケットにしまい、起き上がってみんなで盃を持ち上げる。

「みんな今日もお疲れ！　乾杯！」

「乾杯！」

戸塚さんの音頭でみんなで盃を打ち付けた。

みんな笑っていて、空には花火が打ち上がる。

こんな日がずっと続けばいいと思う。この平和な日々を守るために、俺は何度だって立ち上がろうと思えるから。

―――本書のプロフィール―――

本書は書き下ろしです。

小学館文庫

東京《とうきょう》かくりよ公安局《こうあんきょく》
ミエナイ敵《てき》

著者　松田詩依《まつだしより》

二〇二二年十二月十一日　初版第一刷発行

発行人　石川和男
発行所　株式会社　小学館
〒一〇一－八〇〇一
東京都千代田区一ツ橋二－三－一
電話　編集〇三－三二三〇－五六一六
　　　販売〇三－五二八一－三五五五
印刷所――――大日本印刷株式会社

この文庫の詳しい内容はインターネットで24時間ご覧になれます。
小学館公式ホームページ　https://www.shogakukan.co.jp

ISBN978-4-09-407213-6